진작 할 걸 그랬어

책에서 결국,
좋아서 하는 일을
찾았다

김소영 에세이   진작 할 걸 그랬어

위즈덤하우스

그때 나는 일이 없어도 좋았다.

일단은 '당장'

행복해지고 싶다는 소망이 급선무였다.

조금만 더 자유로워지자.

나 자신에게 약속했다.

인생이 어떻게 풀려가든,

그 길에서 행복을 찾아내겠다고.

조금만 더 자유로워지자

무작정 퇴사를 했다. 그전까지 한 번도 퇴사를 생각해보지 않았다는 말이 아니라, 사표를 내기 전에 미처 '플랜 B'를 마련하지 못했다는 의미다. 어찌 보면 무모한 결정이었지만 나로서는 더 버틸 재간이 없었다. 나의 의지에 반해 방송을 열 달 정도 쉬었다. 일을 빼앗긴 것보다 더 힘들었던 건 매일 우두커니 사무실 책상 앞에 앉아 있어야 했던 시간들. 그래도 가장 좋아하는 일이 가만히 앉아서 책 읽는 일이니까, 남들보다는 수월하게 버틸 수 있을 줄 알았다. 하루 근무시간은 총 아홉 시간. 설렁설렁 읽어도 정말 많은 책을 읽을 수 있었다.

원체 한가하다 보니 매번 이런저런 핑계로 읽기를 미루었던 책들에도 손을 뻗었다. 그간 책을 많이 읽어왔다 자부했지만 은근 안 읽은 책이 많았다. 워낙 유명한 작품이라서 대화 중에 나오면 나도 덩달아 읽은 척, 아는 척했던 세계문학 고전부터 김영하 작가와 김연수 작가의 초기 단편소설, 희대의 다작왕 히가시노 게이고의 추리소설 등등. 만화책도 많이 읽었다. 고우영 화백의 『십팔사략』 『초한지』 『삼국지』 『서유기』와 허영만의 『꼴』, 박시백의 『조선왕조실록』 전집 스무 권을 독파한 것도 이때다. 한번은 친분이 있는 작가 모임에 갔는데 "오늘 가방속에 있는 책이 뭔지 말해보자!"라는 이야기가 나와서 주섬주섬 만화책들을 꺼냈더니, 자신도 정말 힘들 때 읽었던 책이라며 덜컥 이해받아 버렸다. 방송을 하느라 바빴던 시절에는 한번도 내려가본 일이 없던, 사내 도서관에 매일같이 출근 도장을 찍었다. 대출 목록에 너무 내 이름만 적혀 있어서 누가 볼까 창피하기도 했지만 어차피 도서관에 오는 사람은 정해져 있었다. 보나마나 다들 비슷한 처지였다.

출판사별 세계문학 전집을 손가락으로 훑으며 오늘은 뭘 읽어볼까 고르던 나날은 겉으로 보기에는 제법 평화로웠다. "늦깎이 문학소녀 생활을 하는구나." 누군가는 놀리기도 했다. 그래서 좋아 보이냐는 말이 턱밑까지 올라왔지만 어쨌든 문학 생활을 한 건 사실이었다. 『안나 카레니나』 말고도 톨스토이의 다른 작품이 얼마나 위대한지 알게 되었고, 분야(?)는 다르지만 보바리 부인의 억눌린 심정에 왠지 모르게 공감하게 되었다. 처음에는 한 문단을 읽기조차 힘겨웠던 에밀 졸라의 『목로주점』 『나나』 『인간 짐승』을 차례로 독파하며 세상에 대한 분노와 우울감을 키웠는데, 나중에는 왠지 모를 우쭐함까지 느꼈다. 용기가 지나쳤던 어느 날은 조지 오웰의 『1984』를 읽고 현 정권(박근혜 정부 시절이다)과 다를 게 뭐냐고 서평을 썼다가 고정 출연 중이던 방송에서 하차당하기도 했다. 그러고도 서평 쓰기를 멈추지는 않았지만. 그 후로는 나도 살짝 비겁한 방향으로 선회했다. 알렉산드르 솔제니친의 『이반 데니소비치, 수용소의 하루』를 읽고 소설에 아주 매우 무척 공감이 간다고 적는 식이었다. 수용소에 있는 기분은 내가 잘 알지. 아니, 소설 내용에 공감한다는 건데 뭐 어쩔 거야.

솔직히 말하면 아무리 독서를 좋아한다 해도 대부분은 괴로울 뿐이었다. 매일 같은 자리에 앉아 있는 나를 걱정하는 사람들의 눈길도 한때였다. 불쌍해 보이는 건 질색이었고, 누구에게 하소연하고 싶은 생각도 없었다. 그러다 보니 결국 남아도는 시간을 채우는 건 내 몫이었다. 아침에 출근하면 슬그머니

도서관에 가서 책을 빌려 와 한참을 읽었다. 식사도 대부분 혼자 했다. 활자를 읽는 게 지루해지면 우두커니 창밖을 바라보았다. 유유자적한 척. 하늘이 맑으면 그나마 기분이 좋았고 침침한 날이면 마음이 불안해져 눈물이 날 것 같았다. 남들 앞에서 청승맞은 짓을 할 순 없지. 다시 책으로 눈을 돌렸다.

이제 와 돌이켜보면 다시는 갖기 힘들, 오롯이 독서에만 매진할 시간을 얻었으니 '그들'에게 얼마쯤은 감사해야 할 정도다. 그러나 내가 책을 읽어야만 했던 시간이 근무시간이었다는 것, 아나운서로서 한창 활발히 일할 나이에 매일 (심지어 어두운) 책만 읽고 있는 현실을 생각하면 머리가 아파왔고 괴로웠으며 때론 절망했다. 활자에 갇혀 지낸 시간은 지금의 나에게는 든든한 자산으로 남았다. 지나고 난 뒤의 합리화라고 해도 어쩔 수 없지만.

"상암동 북카페 다녀올게."

아침마다 실없는 농담을 건네며 출근하는 내 뒷모습을 바라봐주었던 가족과 나 자신을 동정하고 싶지는 않다.

언제까지고 이렇게 책만 읽으며 살 순 없다는 건 알고 있었지만 회사의 징계에 신음하는 동료가 이미 수십, 아니 수백을 넘어서고 있었다. 안팎으로 모두가 문제를 바로잡기 위해 애쓰고 있는 상황에서, 그중 하나에 불과한 내 문제만이 당장에 풀려나가기를 기대할 수는 없었다. 일단은 오늘 하루도 최선을 다해 지치지 말자. 사무실 벽을 보며 매일 되뇔 뿐이었다.

그렇게 시간이 흘렀다. 방송 출연 금지 1년을 두 달쯤 남겨두었던 어느 날 아침, 누운 자리에서 일어날 수 없었다. 몸은 아프지 않았다. 게다가 어제만 해도 아무렇지 않게 퇴근해 잠이 들었다. 도무지 움직이지 않는 몸과 '출근하기 싫다'는 생각만으로 가득한 머릿속을 내버려둔 채 몇 시간을 누워 있었다. 지각이지만 어차피 내가 회사에 오는지 가는지 신경 쓰는 사람도 없었다. 더 받을 미움도 없고, 인사고과 따윈 포기한 지 오래였다. 결국 그날은 휴가를 냈다. 그리고 그날, 더는 이 생활을 이어갈 수 없다는 걸 알았다.

퇴사 의사를 밝히고 얼마 동안은 말리는 사람과 내심 떠나기를 바랐던 사람, 그리고 이 일을 세상에 알리려는 사람에 둘러싸여 정신없는 시간을 보냈다. 실감이 나지 않아 나조차 우왕좌왕하는 동안 모든 일이 조금씩 진행되었다. 회사 집기와 물품을 반납하고, 사람들과 인사를 나누고, 은행에 가서 퇴직금 계좌를 만들고, 큰 캐리어 두 개에 짐을 구겨 넣고 회사를 나왔다. 나가면서 올려다보니 회사 건물이 어찌나 크던지. 그리고 나니 모든 게 끝이었다. 어떻게든 말리겠다며 밤새도록 울리던 전화, 눈물을 흘리던 동료들, 그리고 나가는 순간까지 불편했던 몇몇 장면들. 모든 것이 그렇게 끝났다.

다음 날 아침에 눈을 뜨자 모든 시간과 기억이 아득히 멀게 느껴졌다. MBC 아나운서로 입사해 일했던 5년이 마치 모두 꿈이었던 것처럼. 절대 끊어지지 않을 것 같던 눈앞의 길이 뚝 끊어지듯, 앞이 보이지 않는 기분이었다. 하지만 그 기분이 싫지만은 않았다. 회사 안에서는 무슨 수를 써도 피할 수 없었던, 짜디짠 희로애락의 감정에서 한 발짝 벗어나 조금은 개운함을 느꼈다고 할까. 눈앞에 놓인 끊어진 길 위에 한동안 가만히 서 있었다. 그 순간의 기분을 오래도록 기억하고 싶었다.

방송을 하던 사람이니, 퇴사 기사가 나면 자연스럽게 프리 선언이 된다. 하지만 소속사도 없고 미리 누굴 만나보지도 않았으니 당장은 완전한 백수 신세였다. 주변에서는 앞으로의 계획을 궁금해했다. 예의상 하는 말도 많았지만 진심으로 걱정해 주는 이도 있었다. 생각지도 못한 몇 가지 제안이 오기도 했다. 솔직히 진심으로 안도했다. 이렇게 나라는 존재가 세상에서 완전히 사라질 수도 있었는데, 그래도 나와 일하고 싶어 하는 사람이 있다는 것에. 하지만 감사한 제안에 내심 들떴던 마음에도 불구하고 대부분 거절의 답을 드렸다. '방송을 얼른 하고 싶다'가 퇴사의 가장 큰 이유였다면 하루빨리 복귀했을 것이다. 하지만 그때 나는 일이 없어도 좋았다. 일단은 '당장' 행복해지고 싶다는 소망이 급선무였다. 당분간은 바삐 움직이고 싶지 않았다. 돈에 크게 쪼들리지도 그렇다고 초연하지도 않았지만 일단은 얼마간의 퇴직금도 있었다.

신변에 큰 변화를 겪은 이들이 흔히 그러하듯이 어디로든 떠나야겠다는 생각에 비행기 표를 끊었다. 여행을 하고 싶은 건지, 그저 아무도 마주치지 않을 곳에 숨어 있고 싶은 건지, 나도 내 마음을 잘 알 수 없었다. 목적지는 일본 도쿄. 이미 여러 번 방문했던 도시를 여행지로 고른 건 익숙함 때문이었다. 긴 여행을 준비하거나 낯선 장소를 헤맬 마음의 여유는 없었다. 가깝지만 바다를 건너 '떠나는' 느낌은 충족한 채 큰 어려움 없이 여행을 시작할 수 있는 곳. 계획은 오직 하나, 서점을 찾아다니는 것. 안 그래도 여름휴가 때 일본 서점을 둘러볼까 생각하던 참이었다. 읽을 만한 책을 캐리어에 잔뜩 넣었다. 열 달 동안 물리도록 읽은 책을 또 챙기고 있다니 내가 왜 이럴까 싶기도 했지만. 낯설지 않은, 그러나 일상은 아닌 타국에서 마주할 미래

에 대한 막막함으로부터 독서는 언제나 그랬듯 나를 지탱해줄
터였다.

　돌아보면 회사를 다니면서 안 좋은 일만 있었던 것은 아니었
다. 입사 후 작은 일도, 꽤 중요한 일도 해보았지만 결국 마지막
순간까지 마음을 붙잡았던 건 진심으로 좋아했던 소소한 방송
들이다. 특히 3년여간 진행하며 나를 '책 읽어주는 여자'로 만
들어준 라디오 〈굿모닝 FM〉의 '세계문학 전집' 코너를 마칠 때
는 눈물이 찔끔 났다. 일주일에 한 시간, 정성을 담았던 이 방송
은 일이 없는 나머지 시간에도 나를 부끄럽지 않게 해주었다.
진심으로 방송을 즐겼고 덕분에 내가 잘하는 일이 무엇인지도
알게 되었다. 또 기억에 남는 건 역시 사람. 유능하고 정의로운
훌륭한 동료들, 함께 울고 웃어주었던 시청자들과 청취자들.
더는 버티지 못해 스스로 끝을 맺었지만 떠나면서 되돌아본 나
는 참 행복한 사람이었다.
　그럼에도 언제나 가슴 한 켠에는 해결되지 않은 문제들이 얹
혀 있었다. 속이 터져야 마땅할 상황을 당연한 듯 살아냈던 것
이 원인이었을까. 늘 괜찮다고 말하던 나는 결국 사고를 쳤다.
"조금만 더 버티면 될 텐데 왜 그래." 아마도 제일 많이 들었던

말. 나 역시 그 말에 진심으로 동의하고 싶었다. 힘들었지만 분명 좋아질 거라 믿었던, 너무나 사랑하는 일터였으니까. 하지만 나는 그곳을 떠났다. 미래가 보장되지 않은 곳으로 스스로 발을 뻗었다. 훗날 너무 빠른 포기였다고, 조금 더 참았어야 했다고 후회하면 어떡하지. 복잡한 생각의 잔재가 여전히 머릿속에 엉켜 있지만 이제 돌아갈 수 없다. 조금 더 자유로워지자. 책방 여행을 앞둔 나 자신에게 약속했다. 인생이 어떻게 풀려가든, 그 길에서 행복을 찾아내겠다고.

2. 책방을 한다는 것

1。   책 방 에 간 다 는   것

'책방 여행'을 떠나다

"왜, 책방 차리려고?"

일본 여행 계획을 짜던 나에게 한 친구가 물었다.

"내가 뭐 차린대? 그냥 책방이 좋다는 거지."

"요즘 같은 시대에 책방 하면 금방 망할걸. 사람들이 책을 안 읽잖아."

이때만 해도 정말 차리려던 건 아니었는데, 친구의 냉정한 조언에 새삼 뜨끔했다. 출판사가 망하고 서점이 문 닫는 일이 어제오늘 일도 아니고, 대형 인터넷 서점에서 클릭 몇 번이면 필요한 모든 책을 하루 만에 무료로 배송받는 시대다. 게다가 책보다 재미난 게 너무나 많아졌다. 책을 좋아하는 나도 솔직히 이제 책만으로는 만족할 수 없다. 예능 프로그램도 봐야 하고, 방탄소년단 유튜브 영상도 구독해야 하고, 새로 나온 빵도 사 먹으러 다녀야 하고, SNS도 해야 한다. 갈수록 쉽고 빠르고 직감적인 것들이 나를 유혹한다. 책을 펴는 일은 점점 쉽지 않아진다.

내게 독서가 가장 큰 취미가 된 이유는 언제 어디서든 책만 펴면 독서를 시작할 수 있다는 점 때문이었다. 지하철에 앉아서, 카페에서 친구를 기다리며 책을 통해 온 세상을 여행하고 수많은 사람을 만나며 나의 세계를 확장했다. 하지만 어느새 스마트폰이라는 엄청난 대안이 생겼다. 그 모든 걸 클릭 한 번이면 해내는. 책방 여행을 떠난 일본의 지하철 안에도 책을 읽고 있는 사람이 거의 없었다. 나중에는 오기가 생겨 눈을 부릅뜨고 찾았는데 몇 년 전과 달리 모두가 플래시몹을 하듯 휴대전화에 고개를 박고 있었다. 이제는 출판 강국 일본마저 독서 인구 감소를 걱정하는 현실. 그렇다고 억지로 지하철역의 와이파이를 없애버리거나 객차 안 데이터 이용을 금할 수도 없는 노릇이다.

대학 시절 뉴욕에 얼마간 머무른 적이 있는데, 뉴욕 지하철은 인터넷이 터지지 않았다. 뉴욕시 광역교통국이 시민의 독서

량 증대를 위해 큰 결단을 내린 건 아니겠지만, 사람들은 할 일이 없으니 땅속에서만큼은 글자를 읽었다. 하도 원성이 높아 요즘은 지하철 역사에서는 인터넷 사용이 가능해졌다고 하는데 여전히 움직이는 객차 안에서는 꼼짝없이 스마트폰을 내려놓아야 한다. 뉴요커에게는 어딜 가도 피할 수 없는 거대한 쥐 떼와 코를 마비시키는 지린내만큼이나 달갑지 않은 환경이겠지만, 이렇게 억지로 책을 읽히는 방법도 있다. 중독자들이여, 스마트폰 없는 시간도 나름 적응되면 괜찮답니다. 잠깐 못 본다고 큰일 나지 않아요.

어쨌든 책방 여행의 목적지로 일본을 선택한 이유를 설명해야겠다. 앞서 말한 지하철 풍경은 그렇다 치고, 일본이 일단은 여전히 책을 많이 읽는 나라이기 때문이었다. 뉴스를 진행하던 때 일본 서점과 출판계 상황을 다룬 리포트를 몇 차례 소개했던 기억도 남아 있었다. 일본은 우리나라에 비하면 독서 인구도 많은 편이고, 어려워지고는 있다지만 출판 시장도 여전히 크다. 그래도, 아직은, 책을 읽는 나라. 일본의 독서 풍경은 어떤 모습일지 궁금했다.

책방 여행을 떠나기 전에도 우리나라에 하나둘씩 생겨나기 시작한 개성 있는 동네 책방들에 관심이 많았다. 작은 동네 책방이 문을 열면 꼭 약속 장소나 데이트 코스로 삼곤 했다. 그러다 우리나라 책방들에 영감을 준 일본의 책방들이 있다는 것을 알게 되었다. 한국에서도 조금씩 주목받고 있는 적극적인 북큐레이션, 독자와 소통하고 입체적인 독서 체험을 제공하려는 시도가 이미 일본에서는 훨씬 전부터 다양한 형태로 이루어지고 있었다.

문제는 나의 짧은 일본어 실력. 『슬램덩크』를 인생 책으로 꼽는 나는 소년 만화의 단골 대사인 "이쿠죠!(가자!)" "고노 바카야로!(이 바보 녀석!)" 같은 말을 빼면 일본어를 거의 할 줄 모른다. 고등학생 때 제2외국어로 잠시 배운 수준이라서, 일본 서점에 가서 책을 줄줄 읽거나 점원에게 이것저것 능숙하게 물어볼 수 없었다. 다행히 꽤 쓸 만한 사람이 떠올랐다. 바로 남편.

처음 여행을 계획할 때는 전혀 고려하지 못한 사실인데, 남편은 일본어를 잘하는 편이었다. 그의 일본어 실력이 여행 직전에 뜬금없이 떠오른 것은 행운이었다. 퇴사하고 여행을 간다고 하니 호텔 방에서 엉엉 울고만 있으면 어떡하나 쓸데없는 걱정을 하는 남편에게, 그럼 데려가줄(?) 테니 가서 길도 찾고 통역도 해달라고 부탁했다. 자상한 성품의 그는 당연히 오케이.

아내가 산업부 기자 르포 취재하듯 서점을 쑤시고 다닐 거라고
는 전혀 예상하지 못한 것이다. 하루 종일 지도 앱과 사전 앱을
켜고, 각도를 잘 맞춰 사진 찍으라는 잔소리를 들어가며, 발에
물집이 잡히게 돌아다닐 줄은. 그래도 아내가 우울해하지 않는
다는 사실과 자신이 도움이 된다는 사실에 고무되어 적잖이 기
운을 내주었다. 물론 한국에 돌아온 아내가 책방을 내겠다고
말할 줄은 몰랐을 것이다. 책방 만들기에 끼워줄 테니, 여러 가
지 막노동을 함께 해야 한다고 요구할 줄은.

여행을 앞두고는 딱 한 가지만 다짐했다. 내내 택시만 잡는
여행은 하지 말자. 그도 그럴 것이, 회사를 그만둔 데다 앞으로
뭘 해야겠다는 계획조차 없으니 시간이 차고 넘치는 상황이었
다. 새삼 나이 서른에 학교도 회사도 안 가는 처지가 되었다는
게 낯설었다. 이렇게 대책 없이 진정한 '자유 여행'을 하게 될
줄이야. 좀 신나는데.

여행 일정은 일주일로 잡았다. 아쉬워지면 또 오면 되지. 사
실 여러 번 가본 도쿄이다 보니 일주일이면 충분하고도 남을 거
라 생각했는데, 여름에 떠난 책방 여행은 겨울에 한 번 더 다녀
오는 것으로 마무리되었다. 그렇게 나의 책방 여행에는 두 계
절이 겹쳐졌고, 백수인 나와 책방 주인인 내가 뒤섞였다.

처음에는 무작정 떠났지만 한국으로 돌아가는 날이 다가올
수록 조금씩 불안해졌다. 그래도 집으로 돌아갈 때쯤이면 앞으
로 어떤 삶을 살고 싶은지에 대한 고민도 스르르 풀리지 않을
까. 일주일의 여행으로 해답을 찾을 수 없다는 것쯤은 알았지
만 일단은 그렇게 생각하기로 했다.

마냥 멋짐도 마냥 편안함도 아닌

퇴사하고 〈신혼일기〉라는 예능 프로그램에 출연하면서 강원도 산골의 오래된 주택에 한동안 머물렀다. 당시 머문 집의 마루 한가운데에는 한 명쯤 걸터앉아 책을 읽을 수 있는 창가 자리가 있었다. 나는 낮이든 밤이든 여유가 생기면 그 자리에 앉아 책을 읽곤 했다. 실은 그때마다 '이렇게 행복한 순간이 또 있을까' 싶은, 어마어마한 감정을 경험했다. 의자라고 해봤자 몸을 편안히 감싸주는 리클라이너 소파도 아니었고, 온전히 독서만을 위해 꾸민 분위기 잡은 서재도 아니었다. 다만 시시각각 달라지는 바깥 풍경과 채광, 적당한 햇빛 혹은 캄캄한 밤의 별빛을 느끼며 내 몸이 그럭저럭 들어가는 자리에 비스듬히 앉아 언제까지고 책을 읽고 싶었던 순간. 세계에서 가장 멋진 도서관에 가더라도 이보다 책이 잘 읽힐 순 없을 거라고 느꼈다. 촬영을 하면서 많은 추억을 쌓았지만 유독 그 자리에 앉아 책을 읽던 장면이 돌아온 뒤에도 오래도록 마음에 남았다.

내게 깊은 인상을 남긴 그 순간을 돌이켜보건대 서점이라는 공간이 주는 매력은 마냥 멋짐도 마냥 편안함도 아닌, 그 중간 어디쯤에 있는 듯하다. 도쿄에 도착하자마자 가장 먼저 방문한 북카페 '안진Anjin'에서 다시금 느꼈다. 크고 푹신한 가죽 소파와 단단한 목재 테이블, 옆 테이블에서 내 이름을 부른다면 들릴까 말까 한 여유 있는 자리 배치. 벽면을 둘러싼 책장에는 고서 희귀본이 가득 꽂혀 있다. 구매할 수는 없지만 누구든 마음껏 꺼내 읽을 수 있다. 커다란 일본 전통 그림이 걸려 있어 마치 갤러리에 온 듯한 느낌도 들었다. 전체적으로 고급스러운 분위기지만 위압감을 주지는 않는다. 덕분에 고개를 들어 멋스러운 실내 분위기에 감탄하다가도 시선을 책으로 돌리면 이내 집중하게 된다. 밝고 따스한 불빛 아래에서 글자가 편안히 읽힌다. 신경 써서 배치한 간접 조명 덕분이다.

의외로 메뉴판은 최신식 태블릿이었다. 나는 말차(800엔)를,

남편은 센차(1,000엔)를 주문했다. 가격이 꽤 비싼 편이다. 나는 찻잎을 미세한 분말로 갈아 마시는 일본식 말차를 좋아한다. 고소하고 쏩쓰름한 맛은 물론 진한 녹색 빛깔이 마음에 든다. 반대로 남편은 잎을 옅게 우려낸 깔끔한 맛을 선호한다. 사실 남편은 커피를 더 좋아한다. 그래도 신혼여행을 가서 명품 가방도 아니요, 보석도 아니요, 유일한 사치로 비싼 찻주전자를 사 온 아내를 위해 주말 오후에는 꼭 티타임을 함께해준다. 한때 나는 녹차가 들어간 모든 케이크와 빵과 과자와 초콜릿에 미쳐서 '초록색만 보면 먹으려 든다'고 남편의 놀림을 받기도 했다. 요즘은 지나치게 단 음식은 삼가지만.

진한 말차를 홀짝이며 펼친 책은 일본 최대의 서점 기업 츠타야TSUTAYA를 설립한 마스다 무네아키가 쓴 『라이프스타일을 팔다』. '다이칸야마 프로젝트'라는 부제를 달고 있는 이 책은 츠타야가 이곳 안진이 자리한 티사이트T-SITE를 포함해 4천 평 규모의 복합문화공간을 조성하는 과정을 담고 있다. 그는 다이칸야마 티사이트의 주 고객을 '프리미어 에이지premier age'라는 호칭으로 부른다. 흔히 '단카이 세대'라 불리는, 퇴직 이후의 삶을 적극적으로 가꾸며 개인의 취향과 라이프스타일에 관심을 가지는 중년 세대다. 그들을 위한 서점을 구상하며 그가 머릿

책을 덮고 남편을 본다.
다행이다,
이 편안함과 멋짐을
우리가 공유하고 있어서.

속에 그린 건축 이미지는 '집'이었다고 한다. 서점이 자연스럽고 편안하게 자신만의 시간을 누릴 수 있는 장소가 되기를 바라는 마음으로, 건물의 각 부분이 각각 하나의 방을 연상시키도록 설계한 것이다. 이 거대한 공간에서 내가 강원도 산골 집을 떠올린 이유가 그 때문일까.

하나 더. 독서는 혼자 하는 행위지만 근처에 누가 어슬렁거리고 있느냐에도 꽤 영향을 받는다. 강원도 산골 집에서 내 독서 풍경에는 주로 남편이 있었다. 내가 책을 읽는 동안 그가 요리를 하거나 피규어를 조립하고, 창밖에서 강아지와 산책하는 모습을 가끔 고개를 돌려 바라보는 게 좋았다. 내 곁에 있는 사람이 편안함과 행복함을 누리는 상황이 공기로 전해지니 더욱 산뜻한 마음으로 책에 집중할 수 있었달까.

그래서 문득 궁금해졌다. 지금 내 앞에 앉은 남편이 편안하고 행복한지. 책을 덮고 남편을 본다. 일단 그가 고른 센차는 그리 흡족하지 않았던 것 같다. 왜 커피를 시키지 않았느냐고 물어보니, "네가 두 종류 다 마셔보고 싶을까 봐"라며 그제야 자신의 음료를 건네는 남편(내 입맛에는 만족스러웠다). 이미 차 맛에는 관심이 없고 소파에 비스듬히 기대어 점심 먹을 식당을 검

색하고 있다. 다행이다, 이 편안함과 멋짐을 우리가 공유하고
있어서.

안진 Anjin

주소 시부야구 사루가쿠초 17-5 다이칸야마 츠타야 서점 2호관 2층
　　　渋谷区猿楽町 17-5 代官山蔦屋書店 2号館 2F
영업시간 11:00~26:00

📖 마스다 무네아키, 『라이프스타일을 팔다』, 백인수 옮김, 베가북스, 2014

오직 이 한 권의 책

지도 앱으로는 긴자역에서 내려 850미터쯤 걸어가야 한다. 한 정거장을 더 가서 교바시역에서 내렸으면 100미터쯤 가까웠으려나. 어느 역에서 출발하든 애매한 거리다. 긴자 뒷골목을 구경할 겸 천천히 걸었다. 지도에 찍힌 빨간 점을 보면 근처에 다 온 것 같긴 한데, 도통 찾기 어려웠다. 간판이 없다는 말은 들었지만 이래서 어떻게 장사를 한다는 건가. 같은 자리를 몇 번이나 맴돌다 겨우 희미한 불이 켜져 있는 작은 공간을 발견했다. 책방이다. 아니, 책방인지 잘 모르겠다.

5평쯤 될까 싶은 좁고 작은 방. 온통 흰색 벽으로 둘러싸인 공간에 기다란 테이블 하나. 그 위에는 똑같은 책 수십 권이 놓여 있다. 멀리서 바라보니 하늘색 띠지를 두른 책이 차곡차곡 쌓여 있는 모습이 꼭 레고 블록 같다. 이곳은 '하나의 방, 한 권의 책'이라는 극도의 미니멀리즘을 콘셉트로 운영하는 '모리오카 서점森岡書店'이다. 남이야 책을 어떤 방식으로 판매하든 자유겠지만, 꼭 한 가지가 마음에 걸린다. 이곳이 지구상에서 땅값이 가장 비싼 곳 중 하나인 긴자라는 사실. 세상에서 가장 비싼 땅덩어리에 오직 한 종의 책만 파는 서점을 열다니, 대체 무슨 생각일까. 다양한 책으로 무장하고 손님을 유혹해도 모자랄 판에. 솔직히 바보 같은 짓이거나 그냥 장난이거나.

유리창 안을 한참 들여다보다 문을 열고 나와 남편이 들어서니 한 칸짜리 서점이 꽉 찬 느낌이다. 작은 서랍들이 달린 낡은 궤를 카운터를 겸해 쓰고 있었고, 직원은 우리가 들어가도 눈길조차 주지 않는다. 사진을 찍어도 되느냐고 물었다.

"얼마든지."

카메라에 이 묘한 공간을 담고 나서 책을 집어 들었다. 옥빛 도자기 화병에 나무주걱들이 꽂혀 있는 사진이 시선을 끈다. 『모든 잡화すべての雜貨』라는 제목의 책이다. 띠지 문구를 더듬더듬 읽어보니 우리 주변에 넘실거리는 잡화라는 것이 과연 무엇인지를 고찰한 책이라고 하는데, 솔직히 그리 흥미가 당기는

MORIOKA SHOTEN & CO., LTD.
A SINGLE ROOM WITH A SINGLE BOOK
SUZUKI BUILDING, 1-28-15 GINZA,
CHUO-KU, TOKYO, JAPAN

주제는 아니었다. 기왕이면 나도 알 만한 유명 작가의 책이었으면 아는 척이라도 해볼 텐데. 하긴, 어디서든 잘 팔리는 책이라면 굳이 이곳에 두고 판매할 이유가 없을 것 같다.

모리오카 서점에서 판매하는 책은 일주일 단위로 바뀐다. 어쩌면 북 큐레이션의 가장 극단적인 형태라고도 할 수 있다. 서점을 찾는 사람들에게 오직 한 권의 책만 권하는 셈이니, 거의 강제적이다.

사실 나는 책을 읽는 것만큼이나 책을 고르는 것도 좋아한다. 이것도 궁금하고 저것도 읽고 싶은 수많은 책들 사이에 있을 때면 마치 불량식품 가게에 들어선 꼬마가 된 기분이 든다. 한마디로 내 마음에 드는 책 한 권을 골라내는 재미와 설렘이 책방을 찾는 가장 큰 이유인데, 이곳에서 서점 주인이 미리 골라둔 책을 마주 대하고 있으려니 기분이 묘했다. 서점이 아닌 곳에 서 있는 것 같기도 하고. 오늘 이곳에 오지 않았다면 아마 평생 펼쳐볼 일이 없었을 이 책은 나와 무슨 인연으로 맺어진 걸까 싶기도 하고. 꽤 오랫동안 내 앞에 놓인 낯선 책을 이리저리 살펴보며 조금이나마 이해하려고 노력했다. 내가 고르지 않은 책에 이토록 깊은 관심을 기울여본 것은 난생처음이었다. 이 한 권의 책을 영원히 잊을 수 없겠지.

서점 주인인 모리오카 요시유키 씨는 한 번에 한 종의 책만 판다는 독특한 고집으로 이 작은 방을 세계적인 명소로 만드는 데 성공했다. 성공이라는 표현이 적합한지는 모르겠다. 그저 책을 많이 파는 것만이 서점의 성공은 아닐 터이니. 대학을 졸업하자마자 도쿄의 헌책방 거리 진보초 고서점에서 8년, 그 뒤로 10여 년 넘게 본인 이름을 걸고 서점을 운영해온 모리오카 씨는 '서점을 찾는 사람들 대부분은 결국 한 권의 책을 사 간다'는 점에 착안하여 모리오카 서점 콘셉트를 떠올렸다고 한다.

한 주의 책을 선정하면, 작가를 책방에 초청한다든지 책과 관련된 물건을 함께 진열하거나 전시를 여는 등 바쁜 일주일을 보낸다. 꽃에 대한 책을 판매하는 주간에는 서점 전체를 책에서 소개한 꽃들로 꾸미고, 음악 관련 책이라면 서점을 음악 감상실처럼 꾸미는 식으로 독자가 책의 내용을 입체적으로 체험할 수 있도록 돕는다고 하니, 일주일 내내 한 권의 책만 놓여 있어도 전혀 지루하지 않을 것 같다.

끝까지 머릿속을 떠나지 않은 질문, '대체 이곳의 월세는 얼마일까'는 실례가 될 것 같아 결국 물어보지 못했다(나중에 신문 기사를 찾아보았다. 일주일에 100권쯤은 거뜬히 팔린다고 한다). 여유 있는 표정의 책방지기와 얼굴을 맞대고, 『모든 잡화』를 손에

들고 멍하니 선 채 부끄럽게도 속세적인 질문이 꼬리를 물었지
만 그만두기로 했다.

모리오카 서점 森岡書店

주소 주오구 긴자 1-28-15 스즈키 빌딩 1층
　　　中央区銀座 1-28-15 鈴木ビル 1F
영업시간 13:00~20:00 / 월 휴무

맥주 한 모금, 문장 한 줄

"이제 맥주나 한잔 할까?"

이미 해가 저문 시각. 나를 쫓아 서점을 돌아다니느라 지친 남편에게 맥주를 줄 테니 가볼 곳이 있다고 했다. 목적지는 시모키타자와. 시부야에서 그리 멀지 않은 동네인데 지금까지 한 번도 가본 적 없었다. 역에서 나오니 별로 복잡한 길은 아닌데 골목이 어두워 주변이 잘 보이지 않는다. 골똘히 어둠을 응시하자 우리처럼 골목을 두리번거리는 사람들이 하나씩 눈에 들어온다. 낮고 작은 건물마다, 반쯤은 숨은 반지하의 가게마다 손님을 반기는 불이 작게 반짝이고 있다. 뭐, 보는 사람도 없는데. 남편과 손깍지를 끼고 간지러운 대화를 나누며 어둠이 내려앉은 밤길을 걸었다. 별것도 아닌데 괜스레 두근거린다. 골목길을 두어 번 꺾어 어두운 밤거리에 살포시 조명이 비추는 초록빛 간판을 발견했다. 술 파는 책방 '비앤비B&B'에 도착. 책에 설레고 맥주에 설레는 부부의 동상이몽.

작은 건물이라 생각했지만 안으로 들어서니 의외로 꽤 넓다. 건물 골조가 고스란히 드러나 있는 노출 천장에 군데군데 얼룩진 시멘트 바닥. 인테리어는 전반적으로 수수한 느낌인 데 비해 색깔도 높낮이도 제각각인 목조 책장이 꽤 튼튼해 보여 만져보았더니 책장마다 가격표가 붙어 있다. 손바닥만 한 문고본이 진열된 나무 서랍장과 서점 굿즈가 놓인 선반은 물론 서점의 장식장, 조명, 의자 모두 구매가 가능한 상품이다. 서점 로고가 찍힌 에코백과 필기구마저 어쩜 하나하나 예쁘고 튼튼해 보이던지. 이곳을 책 애호가의 쇼룸이라고 불러도 좋을 것 같다.

책이 가지런히 꽂혀 있는 아름다운 책장을 보고 있으니, 뒤죽박죽 어지러운 우리 신혼집 서재가 생각났다. 책이 많아서 놀러 오는 사람마다 탄성을 내지르기는 하지만 실은 어디에 뭐가 있는지 모를 만큼 책이 가로 세로 대각선으로 가득 차 포화 상태다. 일본에 올 때마다 사 모은 만화 『하이큐』 피규어들도 책장 위에 있는데, 멤버들 모두 쓰러지지 않고 잘 있으려나. 여기 이 널찍한 책장 하나만 우리 서재에 들여놓으면 딱 좋으련만. 탐이 나서 몇 번을 만지작거렸다. 어쩌나, 술 한잔 걸치면 더 예뻐 보일 텐데.

술에 취해 떠드는 사람이 있지 않을까 싶어 내심 걱정했는데 서점 안은 여느 서점처럼 꽤나 조용한 편이다. 메뉴판을 보니 맥주뿐 아니라 와인, 탄산음료, 차 종류도 있다. 남편은 생맥주, 나는 아이스 우롱차를 주문했다. 점원이 평범한 일회용 플라스틱 컵 두 개를 꺼내 맥주와 차를 따라주었다. 물어보니 와인 역시 같은 컵에 제공한다고. 나름 파격적이다.

음료가 담긴 플라스틱 컵을 테이블에 올려놓고 각자의 가방에서 책을 꺼냈다. 남편은 무라카미 하루키의 신작 소설 『기사단장 죽이기』를 마저 읽을 거란다. 나는 미니멀라이프를 소개하는 에세이 『오늘도 비움』을 펼쳤다. 퇴사 선물로 동료에게 받은 책인데, 술을 마시면서 읽기에 적당할 듯해 무심코 집어 온 것이 신의 한 수였다. 책장을 통째로 사고픈 욕망을 누르기에 이보다 적절한 책이 있을까.

딱히 안주도 없고, 주변에 사람도 많지 않았지만 의외로 허전하지는 않았다. 그럴 수밖에, 우리는 책을 읽고 있으니까.

카페나 음식점에서 책을 자주 읽는데, 그때마다 크고 작은 사고를 치곤 한다. 덜렁거리는 성격이라서 꼭 책에 뭔가를 흘리기 일쑤다. 그러다 보니 가게에 비치된 책은 읽지 않는 게 습관으로 굳었다. 남에게 빌려 읽는 것도 자제하고 있다. 이런 내가 술을 파는 책방에 왔으니, 속으로 엄청 조마조마했다. 서점의 책을 망가트리면 어쩌지, 책장에 음료를 쏟으면 어쩌지. 나말고도 취객이 난동을 부리지는 않을지 걱정되기도 하고. 나중에 점원에게 물어보았는데 아직까지 문제될 만한 일은 없었다고 한다. 나 역시 우롱차 한 방울도 흘리지 않았다.

남편은 생맥주 한 잔을 달게 마시며 독서에 빠져들었다. 남편은 원래 시끄럽고 정신없는 상황에서도 책을 잘 읽는다. 촬영 전 들르는 (나도 다니는) 미용실에서 헤어드라이어가 윙윙대는 와중에도 책을 읽어 지적인(?) 그 모습을 칭송하는 직원이 많을 정도다. 반면 내가 미용실에서 읽을 수 있는 건 패션지의 헤드라인 정도. 그마저도 포기하고 직원과 수다를 떨거나 꾸벅꾸벅 졸 때가 더 많다. 책에 집중할 수 없는 분위기에서는 별로 읽고 싶은 기분이 들지 않는다. 다행히 비앤비는 이렇듯 까다로운 나조차도 편안히 책장을 넘길 수 있는 분위기였다.

하지만 내 시선은 왠지 자꾸만 남편에게 쏠렸다. 내가 쳐다보는 줄도 모르고 맥주를 맛있게도 홀짝이는 남편. 안 되겠다,

나도 술 시켜야지. 맥주 한 잔에 취할 리는 없지만. 술 한 모금씩 넘기며 읽어 내려가는 문장의 맛이 쏠쏠했다.

비앤비는 밤 11시까지 운영한다. 늦은 밤까지 운영하는 건 엄연히 술집이기 때문이기도 하지만, 매일 저녁 8시에 두 시간가량 각종 행사가 열리기 때문이다. 주로 작가나 편집자와 함께하는 강연, 북토크, 독서 모임 등으로 1,500엔(우리 돈 1만 5천 원 정도)이면 맥주 한 잔을 마시며 따뜻하고 알찬 두 시간을 즐길 수 있다. 어떻게 보면 엄청난 '독자 복지'인 셈. 중요한 건 매일 한다는 사실이다. 아마 가끔 제공하는 이벤트 정도로 여겼다면 이런 행사를 매일같이 열기는 어렵지 않았을까. 방송국에서 일했던지라 '섭외'가 얼마나 어렵고 진 빠지는 일인지 안다. 어느 인터뷰에서 읽었는데, 섭외에 실패한 날은 책방 운영자인 우치누마 신타로 씨 혼자서 떠든 날도 있다고.

유명 작가와 명사 가운데는 동네 책방에서 강연하는 일을 마다하지 않는 분들이 많다. 실은 나도 요청을 많이 받는 편인데, 책 관련 행사는 유독 행사비가 낮거나 더러는 아예 없다. 그래도 웬만하면 제안에 기쁘게 응하는 편이다. 나 역시 자본의 논리가 적용되는 일을 할 때는 그에 알맞게 처신하지만. 서점이

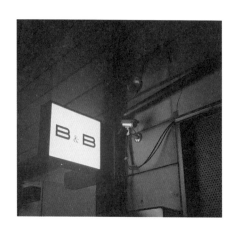

나 출판사에서 큰돈을 벌기 위해 행사를 마련하는 게 아니라는
걸 잘 알기도 하고, 행사에 참여하는 독자들이 부담 없이 책과
관련된 소중한 추억을 만드는 일에 일조한다고 생각하면 뿌듯
하기도 하다. 나 같은 사람만 있으면 우치누마 씨가 강연자를
구하지 못해 혼자 고생하실 일은 없을 텐데.

　본인을 '북 코디네이터'라고 소개하는 우치누마 씨는 브랜드
크리에이터이자 각종 프로젝트를 성공적으로 이끈 기획자이
기도 하다. 그가 쓴 『책의 역습』에는 '책을 어떻게 팔 것인가'에
대한 다양한 아이디어가 담겨 있다. 책이 팔리지 않는 시대에
책을 팔려는 사람. 그래서 끝없이 어떻게 책을 전해야 재미있
을까를 고민하는 사람. 처음에 그는 평소 책과 친하지 않은 사
람들이 자주 찾는 장소에 책을 둔다면 어떨까 하는 궁금증에서
출발했다. 카페, 레스토랑, 옷 가게 등 서점이 아닌 장소로 책을
끌어들인다는 발상이었다. 물론 단순히 음식점에 서가를 배치
하는 것이 아니라, 음식과 책을 세트 메뉴로 출시하는 등의 창
의적인 방법을 고민했다. 가령 사람들이 카페에서 이런 식으로
주문할 수 있도록.

　"라테 한 잔이랑 2번 문고본 하나 주세요."

　크라프트지로 포장해 구매하기 전에는 어떤 책인지 알 수 없

는 미스터리 북을 팔아보기도 하고, 누군가 친 밑줄에 또 다른 사람이 쓴 낙서가 더해져 헌책의 의미를 새롭게 조명하는 시스템을 고안하기도 했다. 또는 이곳에서처럼 혼술을 즐기는 젊은 이들에게 슬쩍 독서를 권해본다든지.

책과 맥주의 조합, 혹은 책방과 가구점의 조합. 우치누마 씨는 책방의 생존과 미래가 이러한 '곱셈 전략'으로 가능하다고 믿는다. 책방을 가구 쇼룸으로 활용하기도 하고, 책방에서 맥주를 마시거나 강연을 즐기도록 함으로써 사람들을 붙잡는 것이 비앤비의 생존 전략인 셈이다. '책×무엇'이 상승 효과를 내며 다양한 수익원을 만들고, 책방의 안정적 운영을 가능하게 한다는 아이디어는 이후 생겨난 많은 독립 책방에 영향을 미쳤다. 책방지기 각자의 개성을 반영한 작은 공간을 찾는 사람들도 늘어났다. 책방과 독자의 곱셈마저 일어나고 있는 걸까.

요시모토 바나나의 소설 『안녕 시모키타자와』 속 주인공은 시모키타자와 골목의 작은 가게들과 그곳에서 만난 사람들을 통해 마음의 상처를 치유한다. 이 소설에 등장하는 가게 대부분이 실제로 시모키타자와에서 운영하는 가게를 모티프로 삼았다고 한다. 요시모토 바나나가 시모키타자와 주민이기에 가능했던 일. 그녀는 비앤비와 함께 『시모키타자와에 대해서』라는 독립출판물을 펴내기도 했다. 비앤비 개점 2주년에는 '독자와의 만남' 행사를 열어 수많은 사람이 몰렸단다. 책을 아끼고 사랑하는 사람들이 모여 그들 간의 무한 곱셈으로 밝은 에너지를 만들어가는 공간. '오늘 밤엔 어떤 일이 벌어질까' 두근두근하게 만드는 비앤비를 찾아 기꺼이 바다를 건너는 서점 꿈나무들이 많은 이유다. 실은 나도 서점 꿈나무였지만.

덧. 내 책방을 열고 반년이 지난 어느 날, 우연히 우치누마 씨가 한국에 와서 강연을 한다는 소식을 접하고 부리나케 달려갔다. 슬라이드를 보면서 열심히 강연에 귀 기울이고 있는데, 어라, 화면에 익숙한 사진이 뜨는 게 아닌가. 눈 비비고 다시 봐도 우리 책방! 알고 보니 전날 우치누마 씨가 책방에 들렀던 것이다. 그리고 이어진 코멘트.

"일본에서도 셀럽이 책방을 연 시도는 아직 없었다. 전국 각지에서 동네 책방을 찾아오게 만들고, 또 동네 책방에서 소개한 책이 전국적으로 유명해지는, 지금까지와는 다른 행보를 보이는 책방인 만큼 앞으로 새로운 '책 세계'를 만들어나갈 수 있을 것 같다."

우리 책방이 이렇게 후한 평가를 받다니. 신기하기도 하고 감사한 마음이 들어 강연이 끝난 뒤 찾아가 인사를 드렸더니, "당신 책방의 서가 구성을 보니 양적으로도 책을 굉장히 많이 팔고 있는 것 같던데"라고 하셨다. 역시, 서가만 보고도 책방이 어떻게 운영되고 있는지 척척 판단하는 고수다.

동경하던 이의 세계를 훔쳐보고 돌아와 나만의 세계를 만들었는데, 어느 날 그가 "사실 나도 널 봤어"라고 말할 때 기분을 아시나요.

비앤비 | Book&Beer

주소 세타가야구 기타자와 2-5-2 빅벤 빌딩 지하 1층
世田谷区北沢 2-5-2 ビッグベンビル B1F

영업시간 12:00~23:00

홈페이지 bookandbeer.com

📘 우치누마 신타로, 『책의 역습』, 문희언 옮김, 하루, 2016
📘 요시모토 바나나, 『안녕 시모키타자와』, 김난주 옮김, 민음사, 2011

재즈 같은 책방

오늘은 책방 여행에 앞서 쇼핑을 하기로 했다. 신주쿠 '뉴우
먼NEWoMan'에 꼭 가보라고 주변 힙스터들이 추천했다며 남편
이 어찌나 강조하던지. 도쿄의 최신 유행을 알 수 있을 거라나.
사실 나는 패션은 잘 모른다. 방송을 할 때는 스타일리스트의
도움을 받아 예쁜 옷을 제법 입지만, 평소에는 청바지 한 벌을
사면 무릎이 늘어날 때까지 매일 입어서 옷도 좀 쉬어야 하지
않느냐는 지적을 종종 받는다. 그렇지만 옷을 구경하거나 가끔
기분 전환 삼아 멋을 부리는 게 싫은 건 아니다. 다른 데 관심사
가 조금 더 많을 뿐이지요. 모처럼 일본에 왔으니 반나절쯤은
예쁜 걸 구경해볼까.

뉴우먼은 신주쿠역 역사와 연결되어 있다. 하지만 신주쿠역이 워낙 복잡해 한참을 헤매다 결국 밖으로 나와 다시 건물 입구를 찾아 들어갔다. 백화점보다는 훨씬 작은 규모지만 최신 유행하는 브랜드와 각종 편집 매장이 잘 갖춰져 있는 복합 쇼핑몰. 요즘 핫한 블루 보틀 커피Blue Bottle Coffee와 캘리포니아 커피 브랜드인 벌브 커피Verve Coffee Roasters도 입점해 있다. 물론 의류와 화장품 편집 매장도 층마다 한가득 자리하고 있는데, 무수히 많은 매장 가운데 우리의 혼을 쏙 빼놓은 곳은 다름 아닌 '쌀' 편집 매장. 일본의 라이프스타일 산업을 선도하는 기업인 사자비리그Sazaby League에서 운영하는 식재료 전문 매장으로, 브랜드 이름은 '아코메야AKOMEYA'다.

그나저나 요즘 일본에서 가장 힙하다는 쇼핑몰에 어째서 쌀 가게가 있는 걸까. 쇼핑하러 온 김에 쌀도 좀 사 가려는 주부를 노리는 건 아닐 테고.

우리나라도 그렇지만 일본에서도 각 가정의 쌀 소비량이 급감하고 있다. 쌀 소비가 매우 적은 대표적인 가정이 바로 우리 집이다. 2인 가정에서 소비하는 쌀의 양이 얼마나 적은지 아는가. 엄마가 마트에서 사던 20킬로그램 포대는 꿈도 못 꾸고, 가장 작은 5킬로그램짜리를 사도 벌레가 생길까 늘 걱정이다. 그런 와중에 쇼핑몰의 한 자리를 꿰고 야무지게 진열되어 있는 300~400그램씩 포장된 쌀을 보니 어찌나 반갑던지. 물론 나보다 밥을 훨씬 자주 짓는 남편이 더욱 열광했다. 재배 지역마다, 또 정미 방식에 따라 맛이 다른 수십 종류의 쌀을 무려 2인 한 끼 분량씩 소분 판매한다. 쌀 종류별로 밥 짓는 방법을 친절히 알려주고(다 같은 거 아니었나), 선물하기 좋은 쌀을 추천해주기도 한다. 밥 짓는 데 필요한 주방용품은 물론 각종 식료품도 잘 구비되어 있다. 섬세하다, 섬세해. 이것도 사고 싶고 저것도 필요하다는 남편을 말리느라 혼났다.

일본 요리를 곧잘 만들어주는 남편은 결국 가다랑어로 맛을 낸 쓰유와 유자후추를 사고 신이 났다. 만족스러운 쇼핑을 끝냈으니 점심을 먹으러 갈 차례. 신주쿠공원을 지나 신주쿠산초메역 방향으로 500미터쯤 걸어가면 점심 식사하기 좋은 '서점'이 있다. 2009년에 문을 연 서점 겸 카페 겸 레스토랑 겸 술집 '브루클린 팔러 신주쿠Brooklyn Parlor SHINJUKU'. 실은 전날도 갔다가 줄이 너무 길어서 허탕을 쳤다. 아직 문을 열기 전인데도 벌써부터 줄이 늘어서 있어 불안했는데, 다행히 금방 자리를 배정받았다. 이틀 만에 입성한 서점 내부는 딱히 눈에 띄게 도발적인 구석은 없지만 왠지 모르게 자유로운 분위기다. 미국에서 많이 보던 펍의 느낌이랄까.

대학 시절 어학연수를 핑계로 뉴욕에 반년 정도 머물며 실컷 놀았다. 딸의 영어 실력 향상을 위해서라면 한국인 유학생은 한 명도 찾아볼 수 없는 깊숙한 시골로 나를 보냈어야지, 아빠. 당신을 닮아 혼자서도 용감하게 낯선 타국 도시의 이곳저곳을 누빌 생각뿐이었던 딸에게 알면서도 속아준 아빠 덕에 뉴욕에서 즐거운 경험을 많이 쌓았다. 학생 신분이라 돈이 별로 없어 늘 가던 곳은 비슷했지만. 나는 자유롭고 개방적인 분위기의 브루클린을 유독 좋아했다. 영어도 서툴고, 피부색이 다른 유학생 신분이어도 브루클린에서는 누구도 나를 다르게 보지 않았고 모두가 서로의 다름을 자연스레 받아들였다. 그때의 기억이 남아 있어서인지 브루클린 팔러의 분위기가 조금 더 반가웠다.

메뉴판을 받아보니 역시나, 딱히 주 메뉴라고 할 만한 것이 없다. 파스타, 샌드위치, 버거, 팬케이크, 베이커리, 스낵과 술, 국적과 재료를 불문한 각종 요리들. "뭘 좋아할지 몰라서 그냥 이것저것 준비해봤어"라는 듯이. 무척 (내 기준) 미국적이다. 누군가는 식사를 하고, 그 옆에서는 커피를 마시고, 맞은편에서는 술잔을 부딪친다. 시끄럽게 떠들거나 큰 소리로 웃는다 해도 누

구 하나 눈치 주지 않고, 그 옆에서 조용히 담소를 나누어도 전혀 어색하지 않다. 우리는 버거를 주문했다. '브루클린'이니까.

식사가 나오기 전에 서점을 둘러보았다. 가장 압도적인 풍경은 계산대에서 시작해 한쪽 벽면 전체를 꽉 채운 책장. 길이가 15미터쯤 될까. 북카페라는 걸 감안해도 꽤 방대한 서가다. 점원에게 물어보니 소장하고 있는 책이 2,500권이 넘는다고 한다. 그러고 보니 서점이었지, 여기. 자유로운 분위기에 취해 잠시 잊고 있었다.

솔직히 밥과 술을 함께 파는 공간이니 '책'은 인테리어 요소에 그칠 것이라고 생각했었다. 그런데 실제로 와보니, 우리 양옆의 테이블에서 모두 열심히 책을 읽고 있다. 앞 테이블도 저쪽 뒤 테이블도 독서 삼매경이다. 할아버지와 할머니부터 어린 학생들, 엄마와 딸, 소개팅을 하는 듯 보이는 젊은 남녀 앞에도 책이 놓여 있다. 여자 친구들이 둥글게 모여 앉아 수십 년 전 미국 풍경이 담긴 사진집을 함께 넘기기도 한다.

이곳에 진열된 책은 유명 북 큐레이터인 하바 요시타카가 직접 선별했다고 한다. 잡지, 사진집, 소설, 만화를 망라하는 다양한 구성이다. 책이 들쭉날쭉 자유롭게 꽂혀 있는 책장에는 독특한 문구들이 적혀 있다. '일해볼까?' '여자가 사는 방법' '여

행을 떠나자' 등등. 미국과 브루클린을 다룬 책도 있지만, 그렇지 않다 해도 브루클린스러움이 느껴지는 책이어야 한다는 것이 더 중요해 보인다.

그나저나 왜 하필 브루클린일까 했더니, 도쿄 미나미아오야마에 있는 재즈 클럽 '블루노트 도쿄'를 운영하는 블루노트 재팬에서 프로듀싱한 공간이라서' 이런 이름을 붙였다고 한다. 열성적인 재즈 팬이 아니더라도 마치 재즈같이 자유롭고 매력적인 공간을 즐길 수 있기를 바라는 마음으로 브루클린 팔러를 열게 되었다고. 낮에는 친근한 책방 같지만 직장인이 많이 찾는 밤에는 또 다른 분위기로 변신한다. 매주 화요일 밤마다 국내외 유명 DJ를 초청해 공연도 연다. 나 좀 반할 것 같아.

이렇게 저렇게 감탄하는 와중에 거대한 버거와 무지막지한 감자튀김이 나왔다. "와, 역시 음식이 섬세하지 않아" "이 양 좀 봐, 일본 같지 않네" 중얼거리며 먹기 시작했다. 일본 음식이 꼭 섬세하거나 양이 적다는 의미는 아니지만. 1920년대의 재즈가 들려오고, 일일이 세기도 힘든 수많은 테이블에 수많은 사람이 가득한 한낮의 점심 식사. 사진에 다 담지 못할 만큼 크고 으리으리한 동시에 구석구석까지 섬세한 공간. 음식 값도 아주 비싸지는 않다. 솔직히 특별히 맛있지도 않았지만. 대신 뉴요커가 사랑하는 맥주인 브루클린 라거를 맛볼 수 있다. 계산대 옆에 놓인 유리병과 그 속에 무심하게 담긴 초콜릿과 쿠키, 거기에 찐득찐득한 브라우니와 케이크도(결국 먹었다). 카페에 놓인 가구와 벽에 칠한 페인트 등은 모두 브루클린에서 들여오거나 영향을 받은 물건이다. 무엇보다 소설책 옆에 사진집이, 그 옆에는 철학서와 만화책이 자유로이 꽂혀 있는 책장의 모습이야말로 가장 재즈 같고, 가장 브루클린스러운 모습이었다.

아코메야 도쿄 뉴우먼AKOMEYA TOKYO NEWoMan 신주쿠

주소 신주쿠구 신주쿠 4-1-6 NEWoMan 1층
新宿区新宿 4-1-6 NEWoMan 1F
영업시간 11:00~21:30
홈페이지 akomeya.jp

브루클린 팔러 신주쿠Brooklyn Parlor SHINJUKU

주소 신주쿠구 신주쿠 3-1-26 신주쿠마루이아넥스 지하 1층
新宿区新宿 3-1-26 新宿マルイアネックスB1F
영업시간 11:30~23:30 / 일, 공휴일 ~23:00
홈페이지 brooklynparlor.co.jp

버텨줘서 고마워

한참을 둘러보아도 세련되고 독특한 가게가 자꾸 눈에 들어오는 아오야마 거리는 도쿄 힙스터들이 신호를 기다리며 잔뜩 서 있는 사거리에서 시작된다. 당신이 네 방향 중 어느 쪽에 서 있든, 조금은 뜬금없이 위치한 3층짜리 꼬마 빌딩을 발견할 것이다. 메이지 24년, 그러니까 무려 1891년에 창업해 130년 가까이 아오야마를 지키고 있는 갤러리 겸 서점 '산요도 서점山陽堂書店'이다.

의외의 사실인데, 헌책방 거리인 진보초의 자그마한 빌딩에서 영업하는 고서점 점주들도 알고 보면 집안 대대로 가업을 이어온지라 이미(?) 건물주인 경우가 많다. 산요도 서점도 건물을 소유하지 않고서야 그 긴 시간 동안 운영이 가능했을 리 없겠다는 게 솔직한 첫인상이었다. 서울로 치면 신사동 가로수길 한복판에 개인이 운영하는 오래된 붉은 벽돌 서점이 떡하니 버티고 있는 셈 아닌가. 서점 폭은 지나치게 좁아 보여서 도대체 건물로서의 실용성이 있을까 의문이 들 정도였다. 알고 보니 처음에는 다른 자리에 있었는데, 1931년 일왕이 다니는 길을 만들기 위해 헐려져 지금의 자리로 옮겨 온 것이라고 한다. 그래도 처음 건물이 들어섰을 때는 눈길을 사로잡는 스테인드글라스와 청록색 기와로 멋을 낸, 게다가 당시로서는 드물게 수세식 화장실이 설치된 최신식 건물이었다고 한다.

건물 옆면에는 커다란 모자이크 벽화가 그려져 있다. 보기 싫진 않지만 솔직한 말로 딱히 예쁘지도 않아 왜 굳이 한쪽 벽면을 그림으로 채웠을까 싶었는데, 1964년 도쿄올림픽을 맞아 도로를 넓히느라 이번에는 건물의 3분의 2 가까이를 잘라내야 했다고. 어쩐지 건물 폭이 너무 좁더라니 그런 아픈 과거를 간직하고 있을 줄이야. 잘라낸 쪽 벽면에 화가이자 만화가인 야치 로쿠가 벽화를 그려주었다. 언젠가 산요도 서점 대표가 블로그에 올린 글에는 이런 표현이 있었다.

"당시 할아버지는 당신 몸이 잘려나가는 기분 아니었을까."

그럼에도 서점을 팔거나 장소를 옮기는 대신 대를 이어 서점을 지키기로 결심했다는 점이 인상적이다.

산요도 서점이 바다 건너에서 온 낯선 이방인에게 '어떻게 여기 버티고 있지…'라는 애잔한 마음을 불러일으키기 전, 이곳이 누구나 한 번쯤 들르고 싶어 하는 장소였던 시절은 그리 오랜 과거가 아니다. 1970년대 무렵의 산요도 서점은 그야말로 힙스터들의 성지. 외국 패션 잡지와 디자인 서적, 광고 서적을 사려는 사람들로 서점은 언제나 북적였다고 한다. 이 좁은 건물 안이 잉크와 종이 냄새를 맡으며 책을 구경하는 멋쟁이들로 북적였다니. 지금은 그때의 추억을 공유하는 사람들이 모여 종종 북토크와 강연을 연다.

건물 품평을 마치고 서점 안으로 들어섰다. 내부는 역시 상당히 좁았다. 들어서자마자 '책장 촬영은 안 된다'는 안내문을 발견해 작은 공간에 알차게 들어선 책장 곳곳을 소개하고픈 마음은 접었다. 사진 촬영을 불허하는 대신 서점 홈페이지에 다양한 사진과 이벤트 정보를 충실히 올리고 있다. 1층과 2층에 촘촘히 꽂힌 책들 사이를 지나 좁은 계단을 올라간 3층은 텅 빈 공간이다. 이곳을 갤러리로 쓰는 듯했다. 흰색 페인트를 칠한 한쪽 벽면에는 아오야마와 오모테산도 일대의 옛 지도가 담긴 커다란 액자가 놓여 있었다. '쇼와 10년경의 지도'라고 쓰여 있으니 1930년대 무렵의 모습이다. 그동안 얼마나 많은 것이 바뀌었을까. 건물이 깎이고, 새 길이 생기고, 양옆으로 고층 빌딩이 들어서고, 아오야마가 패션과 문화의 중심지로 떠오르기까지. 그 길고도 굴곡진 역사를 함께했다는 애착과 자부심이 느껴지는 낡은 액자.

옆에 놓인 책상에는 돌돌 말린 흰 종이 뭉치가 있어 처음엔 누가 버린 영수증 용지인가 싶었는데, 자세히 보니 일본의 한 아트 디렉터가 제안한 '그림 끝말잇기'라는 참여형 전시였다. 누구나 참여해 그림을 이어 그릴 수 있게 필기구도 놓여 있다. 올해(2017년) 안으로 전시 참가자가 천 명에 도달하길 바란다는 산요도 서점 홈페이지의 전시 안내 글을 읽은 기억이 났다. 꽤나 내공 있는 능력자의 솜씨로 보이는 그림부터 지나가다 들른 손님이 남긴 장난스러운 낙서, 손에 힘 꾹꾹 주고 그린 아이의 그림으로 가득 채워진 종이 뭉치를 보니 아마 조만간 천 명은 너끈히 가능할 것 같다. 세련되고 멋진 매장이 즐비한 아오야마에서 기어이 이 오래된 서점을 찾아 작은 그림을 남기는 사람들이 여전히 있다. 그렇게 생각하니 돌돌 말린 종이 위에 점

점이 이어진 그림들이 더 반갑게 느껴졌다.

옆 테이블에는 분홍색 책자가 몇 권 놓여 있었다. 이번에는 그림 대신 글을 이어 쓰는 릴레이 전시였다. 아무 말이나 남겨도 된다고 적혀 있는데, 과연 두서없는 문장이 모여 어떤 이야기가 완성될까. 우리보다 먼저 이곳을 찾은 이들이 꾹꾹 눌러 쓴 글자가 빼곡하다. 모두들 이 서점을 둘러보며 나와 같은 마음을 느꼈을까. 버텨줘서 고마워. 우리도 아는 일본어 단어를 총동원해 몇 글자 적었다.

'한편, 서울에서 소영과 상진이 다녀감.'

앞뒤 문맥에 어울렸을지 모르겠지만.

산요도 서점山陽堂書店

주소 미나토구 기타아오야마 3-5-22
　　　港区北青山 3-5-22
영업시간 월~금 10:00~19:30 / 토 11:00~17:00 / 일, 공휴일 휴무
홈페이지 sanyodo-shoten.co.jp

책 파는 잡화점

서울에 지하철 2호선이 있다면 도쿄에는 JR 야마노테선이 있다. 신주쿠, 시부야, 도쿄역, 이케부쿠로, 아키하바라 등 도쿄 핵심 지역을 순환하는 노선으로, 상징색도 서울 지하철 2호선과 같은 녹색이다. 오전에는 출근 인파로 객차 안이 발 디딜 틈 없이 붐비는 것마저 꼭 닮았다. 이른 아침, 바쁜 사람들 틈에 끼어 손잡이를 잡고 섰다. 우리는 유라쿠초역에 내릴 것이다. 아침 식사로 식빵을 먹기 위해(물론 다른 목적도 있지만).

식빵 전문 레스토랑 '센터 더 베이커리Centre The Bakery'는 진즉 여행 계획표에 별표를 쳐두었던 곳이다. 오픈 시간 전에 도착했는데도 기다란 줄이, 거의 놀이공원에서 제일 인기 많은 롤

러코스터 앞을 방불케 했다. 다행히 달팽이관처럼 빙글빙글 이어진 긴 줄은 아침에 나오는 식빵을 사기 위한 줄이었다. 레스토랑으로 들어가는 옆줄은 기다릴 만했다. 식빵을 무슨 레스토랑에서 줄 서서 먹느냐고 툴툴대는 남편을 어르고 달랬다. 이곳은 '큐레이션'이라는 측면에서 공부해야 하는 곳이야, 평계를 대면서.

센터 더 베이커리에서 판매하는 식빵 종류는 다른 곳처럼 우유 식빵, 호밀 식빵, 샌드위치 식빵 등으로 나뉘지 않고 일본JP, 미국NA, 영국EB 등 국가별로 나뉜다. 각 나라마다 사용하는 밀가루와 반죽, 숙성 방법 등이 확연히 다르기에 '식빵'이란 이름으로 단순히 불려왔던 빵이 각기 다른 존재감을 한껏 드러내며 다양한 미각을 가진 소비자를 만족시킨다. 나 역시 빵을 좋아하기로는 둘째가라면 서러운 사람이라 여러 나라 스타일의 빵을 비교 체험할 수 있다는 생각에 가슴이 두근거렸다.

나는 두 종류의 식빵을 맛볼 수 있는 기본 세트를, 남편은 식빵을 응용한 메뉴 가운데 치즈 토스트를 골랐다. 곧 촉촉하고 부드러운 식감의 일본식 식빵과 산 모양으로 부풀어 풍부한 맛이 일품인 영국식 식빵이 나란히 접시에 담겨 나왔다. 종류별로 사이즈도 다르고 가장 좋은 맛을 내는 두께도 다르기에 커팅

이 제각각이다. 프랑스산, 북해도산 등 각각의 식빵에 가장 잘 어울리는 버터와 세계 대회에서 수상했다는 잼과 꿀, 초콜릿 스프레드 등을 함께 준다. 한 입에 한 조합씩만 맛보아도 금세 식빵 두 조각쯤이야. 아아, 이것이 행복이다.

또 하나, 이곳에서는 손님이 직접 식빵을 굽는다. 알맞게 자른 빵을 접시에 담아주면 조리는 알아서 하는 시스템이다. 식당 한쪽 선반에는 손님들이 직접 테스트해보고 자리로 가져가 사용할 수 있는 각종 브랜드의 토스터기가 진열되어 있다. 평소 탐냈던 테팔, 드롱기, 부가티 등 각국의 대표 선수들이 위용을 뽐낸다. 그 앞에서는 사람들이 가전제품 매장을 구경하듯 두리번거리고 있다. 이런 빵집이 있다는 게 재미있다. 요리를 알아서 하라 이거지. '빵덕후'를 자극하기에 이만한 아이디어가 또 있을까. 물론 빵을 홀랑 태워도 식당의 책임은 없다. 나는 한참을 요리조리 살펴보다가 이탈리아 드롱기 사의 빨간색 토스터기를 골랐다.

식사 때 먹는 빵을 식빵이라 부른다. 나라마다 규정은 다르지만 보통 설탕을 넣지 않은 사각의 빵을 통칭한다. 고급 디저트가 아니기에 가격이 비싸지도 않고, 어느 빵집에서나 쉽게 구할 수 있다. 그런데 왜 긴자 한복판에 이 흔하디흔한 식빵 레

스토랑을 차렸을까. 아무리 빵 맛에 자신이 있다 해도 말이다.
무엇보다 이 식당은 식빵 주제에(?) 가격도 꽤 나가는 편이다.
아침으로 식빵을 먹자기에 무작정 따라온 남편은 생각보다 비
싼 가격표를 확인하더니, 이 정도면 한상 차림으로 밥을 먹을
수 있겠다며 조금 구시렁거렸다.

단순히 맛있는 식빵으로 승부하는 집이라면 식빵 전문 베이
커리로만 꾸며도 될 일이다. 그러나 각국의 제빵 방식을 제대
로 연구한 전문가가 식빵을 만들고, 식빵을 요리하고, 식빵을
대접하는 이곳은 마치 '식빵에 관한 한, 우리가 할 수 있는 것이
어느 정도인지'를 소비자에게 증명하려는 것처럼 느껴진다. 식
사를 마치고 나오는 길에 남편이 "혹시 우리가 책방을 낸다면
식빵으로 만든 메뉴를 팔면 어때"라고 말했다.

"너도 매일 빵 먹으면서 책 읽잖아."

내가 서재에 흘린 빵 부스러기를 치우는 게 일인 남편. 그나
저나 책과 빵의 조합이라, 괜찮은 아이디어 같다. Book의 B가
식빵을 닮기도 했고.

빵 얘기가 길어졌다. 식빵 레스토랑에서 몇백 미터쯤 걸어가
면, 일본의 대표 생활용품 기업 무인양품 유라쿠초점이 있다.

무인양품 본점인 이곳에는 서점 '무지북스MUJI BOOKS'도 입점해 있다(그래… 난 이곳에 오려고 했던 거다).

나는 빵이나 책과는 달리, 생활에 있어서는 취향이 확고하지 못한 편이다. 살림을 맡은 지 얼마 안 된 초보이기도 하고, 학생 때도 주변을 깔끔하고 예쁘게 정리하는 친구들을 늘 부러워했었다. 반대로 남편은 오랜 자취 경력으로 웬만한 생활용품 구매에 익숙한 프로페셔널. 특히 무인양품의 담백하고 표준화된 디자인을 선호한다. 솔직히 말하면 무인양품은 내 기준에 가격이 그리 싼 편이 아니라 자주 찾지 않는다. 반면 남편은 '써보면 안다'며 무인양품 제품이 가진 디자인의 힘이 있다고 이야기하곤 했다.

입구에서 봤을 때는 단층 건물 같았는데 들어가 보니 에스컬레이터가 두 대씩 설치된 전체 3층의 초대형 매장이었다. 컨테이너로 만든 방(방 전체가 판매 제품으로만 꾸며져 있다)부터 조경과 원예용품, 요리 도구와 식료품, 의류, 생활용품, 가구는 물론 카페와 레스토랑까지 있다. 무인양품 애호가라면 무지 신날 만한 곳이다. 나도 쪼끔 신이 났다. 물론 잡화 때문이 아니라 책 때문에. 이곳에 들어선 서점에는 어떻게 무인양품의 스타일을 담았을까.

1층에서 2층으로 올라가는 에스컬레이터 옆으로 눈에 띄는 서가가 드러났다. 1층에서 시작해 큰 곡선을 뻗어 2층까지 닿아 있다. 구름다리처럼 나를 내려다보는 서가 디자인이 마치 "오라, 책의 세계로"라고 말하는 것만 같았다. 이곳의 서가는 유명 건축 유닛인 아틀리에 바우와우Atelier Bow-Wow의 작품. 나는 그냥 구름다리라고 생각했는데 사실은 용을 형상화한 것이라고. 그 말을 듣고 나서 보니 책이 꽂혀 있는 모습이 마치 용의 비늘 같았다.

2층에는 식당과 카페가 있다. 그 뒤로 밝은 원목의 서가가 눈에 띈다. 가까이 가서 보니 마치 미로처럼 꼬불꼬불 굽이굽이 코너가 나누어져 있다. 이것은 용이 똬리를 튼 모양새인가. 온갖 잡화를 판매하는 무인양품 매장답게 서가 중간중간에 책과 관련된 제품이 함께 놓여 있다. 식물에 관한 책 옆에는 화분과 각종 원예 도구, 요리 책 옆에는 식재료와 조리 도구, 책장 근처에는 편하게 앉아 책을 읽을 수 있는 테이블과 의자가 진열되어 있는 식이다.

일부러 서점을 찾은 건지 다른 물건을 구매하러 왔다가 눈길을 빼앗긴 건지 모르겠지만 많은 이들이 서가에서 책을 보고 있었다. 아예 테이블에 자리를 잡고 앉아 귀에는 이어폰을 낀 채

독서에 빠진 이도 여럿이다. 3층 건물에서 가장 눈에 잘 띄는 공간을 왜 하필 서점으로 꾸몄을까. 긴자 한복판에 문을 연 식빵 레스토랑에 있을 때와 같은 의문이 들었다.

무인양품은 말 그대로 무인無印, 상표가 없는 브랜드다. 점원이 다가와 제품을 소개하거나 권하는 일도 없고, 제품 소개도 간결하기 그지없다. '상표가 없는 좋은 물건'을 만든다는 무인양품 브랜드의 목표가 분명한 만큼 제품을 고르는 데 필요한 최소한의 정보만을 제공한다. 반면 책에는 각기 다른 메시지와 그 메시지를 전달하기 위한 서사가 담겨 있다. 그런 책을 무인양품 제품 곁에 둠으로써 물건마다 서사를 부여하려는 시도는 아닐까. 예컨대 모종삽과 조리개 같은 원예용품 옆에 카렐 차페크가 쓴 『원예가의 열두 달』 같은 원예 에세이를 둔다면, 식물을 가꾸는 일의 기쁨과 즐거움이라는 메시지를 함께 전할 수 있을 것이다.

한편으로는 메시지가 명확히 드러나는 책을 제품과 함께 둠으로써 '상표 없음'이라는 무인양품의 핵심 가치를 깨트리는 건 아닌가 하는 의문도 들었다. 그러나 서가를 찬찬히 살펴보니 무인양품이 지향하는 바를 잘 이해할 수 있는 책들로 신중하게 구성한 느낌이다. 이곳의 책을 누가 골랐느냐 하면, 『독서의 신』의 저자이자 일본의 유명한 독서가인 마쓰오카 세이고. 그가 참여한 무지북스의 책 분류법과 큐레이션은 확실히 눈여겨볼 만하다.

서가는 일본 요리에 흔히 사용되는 조미료인 '사, 시, 스, 세, 소'(각각 설탕, 소금, 식초, 간장, 된장의 히라가나 표기 일부)에서 한 글자씩 따서, 각 음으로 시작하는 단어인 책冊, 음식食, 소재素, 생활生活, 옷裝을 의미하는 다섯 가지 분류법으로 구성되었다. 이를 바탕으로 '책으로 둘러싸인 생활'이라는 철학을 제시하고자 무려 1만 권의 책을 들여놓았다고 한다.

무인양품이기에 내세울 수 있는 독특한 서가 구성을 바탕으로 일본 최고의 독서 고수가 책을 고른 데다. 출간 기념회 등 다채로운 독자 이벤트를 열기까지. 이렇게 적극적인 노력과 서비스라니 무인양품답지 않다는 생각이 들 정도다. '그래서, 책은 얼마나 팔리는 거냐' 하며 약간 실눈을 뜨기도 했다. 혹시 책이 무인양품의 제품을 돋보이게 만드는 장식은 아닌지. 실제로 무지북스의 책 판매량은 그리 높은 편이 아니라고 한다. 실눈을 풀까 말까 고민이 된다. 하지만 무지북스는 출판에 직접 참여해 각종 문고본을 제작하거나 독립출판물을 소개하는 등 서점으로서의 책임과 참여에도 관심을 높여가는 중이다.

무엇보다 분명한 건, 무지북스를 방문한 많은 사람들이 책을 읽고 있다는 사실. 독서를 통해 정보를 얻고는 정작 그 옆에 놓인 물건만 사 가게 된다고 해도 말이다. 쇼핑을 하는 김에 조금씩 책을 읽다가 어느덧 가랑비에 옷 젖듯 책의 매력에 빠져들 수도 있을 테니. 반대로 책을 읽은 덕에 무인양품 제품에 관심을 갖게 되는 사람도 생길 것이다. 실제로 무지북스가 들어선 뒤 소비자가 매장에 더 오랜 시간 머무르게 되었고, 결과적으로 매출 상승의 효과를 거두었다고 한다. 서점을 둘러싼 레스토랑에서는 빵 냄새가 솔솔 풍기고, 서가 옆에는 마음껏 앉아도 되는 푹신한 소파가 놓여 있으니 어찌 보면 당연하다. 나 역시 나가기 싫어진다.

센터 더 베이커리 Centre The Bakery

주소 주오구 긴자 1-2-1
　　　中央区銀座 1-2-1
영업시간 10:00~19:00

무지북스MUJI BOOKS
──────────────

주소 지요다구 마루노우치 3-8-3 인포스유라쿠초
　　　千代田区丸の内 3-8-3 インフォス有楽町
영업시간 10:00~21:00

앰프 파는 책방

천천히 두리번거리는 사이, 남편이 사라져버렸다. 항상 나랑 손잡고 다니더니 어디로 간 거야. 책 코너로 가려면 아직 한참 남았는데. 이리저리 남편을 찾아 헤맸다. 그새 스피커와 앰프 코너로 달려가 이것저것 켜보고 움직여보고 눌러보고 있는 남편. 기왕 온 거 마음껏 구경하게 두었다. 내심 이럴 줄 알았지, 이곳은 책과 전자제품을 함께 파는 서점이니까.

오늘은 도쿄의 신흥 주택지인 후타고타마가와의 라이즈 쇼핑센터에 위치한 '츠타야 가전蔦屋家電'을 찾았다. 예상은 했지만 생각보다 큰 규모에 놀랐다. 입구에 들어서자마자 전자제품 까막눈인 내가 보기에도 비싸고 정교해 보이는 음향 기기들이 위용을 뽑냈다. 순간 남편이 정신을 잃을밖에.

아, 고백하건대 나는 기계치다. 기계를 잘 다루지 못할 뿐더러 쏟아지는 신문물에도 별 관심이 없다. 심지어 내가 쓰는 스마트폰 기종도 헷갈려서 남편에게 "내 거 아이폰 6이야, 7이야?"라는 질문을 달고 산다(지금도 잘 모르겠다. 뭐였더라?). 집에서는 학생 때부터 쓰던 데스크톱 컴퓨터를 아직도 사용하고 있는데, 작동이 안 될 때마다 최소한의 부품만을 교체하는 사람이다. 이런 나조차도 진열되어 있는 제품을 하나씩 들여다보며 이것저것 만져보고 싶다고 느꼈으니 남편은 오죽했을까.

매장은 츠타야 스타일대로 코너마다 각각의 방처럼 꾸며져 있었다. 음향 기기 코너, 컴퓨터와 태블릿 등 네트워킹 기기 코너, 카메라와 각종 부품 코너, 생활 가전 코너, 자전거 코너, 미용 기기 체험관과 남성 그루밍 코너, 여행자 전문관, 와인과 수제 맥주, 어린이 놀이방과 네일숍에 헤어 스파 코너까지. 과연 이곳에서 찾을 수 없는 물건이 있기나 할까 싶었다. 그야말로 다양한 제품이 꽉 들어차 있는 듯했다.

하지만 츠타야 가전의 키워드는 '많이'가 아닌 '엄선'에 있다고 한다. 서점에 둘 책을 선별하듯 츠타야의 시선으로 가전제품을 선별해 고객에게 제안하는 데 중점을 두는 것이다. 문득 잡지 《매거진 B》 츠타야 편에서 읽은 마스다 무네아키의 인터뷰가 생각났다. 그는 "아마존닷컴에서 냉장고를 검색하면 몇 종류가 나올까요?"라는 질문을 던졌다. 아마 못해도 수백 종류의 냉장고가 검색되겠지. 온라인 몰에서 일일이 모든 제품을 눌러보고 비교할 수는 없다. 그는 말한다. "오프라인 매장이 중요하게 생각해야 하는 것은 검색이 아닌 그 라이프스타일에 대한 제안을 백 퍼센트로 전달해야 한다는 것"이라고. 제안이라. 적어도 츠타야 가전의 제안이 내 남편에게 백 퍼센트 전달된 것만은 틀림없다. 도무지 음향 기기 코너에서 발을 떼지 못하는 걸 보니. 내버려두면 저 거대한 앰프를 들고 한국까지 갈 참이다.

휴. 드디어 책장 앞에 섰다. 건강, 요리, 건축, 예술, 인문 등 코너별로 벽면을 메운 책들 사이에 틈틈이 놓인 의자마다 사람들이 빼곡히 앉아 책을 읽고 있다. 아마도 아직 구매하지 않은 책이 대부분일 것이다. 이렇게 서점 안에 개인 공간을 많이 마련해놓으면 아무도 책을 안 사지 않을까 싶지만 '안 사도 되니 마음껏 읽고 가시라'는 듯한, 판매보다는 고객의 체류 시간을 늘리는 데 집중하는 츠타야 특유의 자신감이 느껴진다.

손님이 오랜 시간 앉아 책을 읽거나 노트북을 연결해 작업하는 걸 보면 작은 카페를 운영하는 주인 입장에서는 속이 타들어간다고 하던데. 손님이 서비스를 누리는 것도 좋지만 하루하루의 매상이 귀한 소규모 자영업자의 마음을 이해 못 하는 것도 아니다. 참 어려운 문제다. 아무튼 이곳에서는 책을 구입하지 않아도, 음료를 주문하지 않아도 언제까지고 테이블을 이용할 수 있다. 앉아서 뭐라도 하고 싶은 욕구가 절로 샘솟는 아름다운 가구와 조명은 덤이다. 집 근처에 이런 서점이 있다면 카페에 오래 눌러앉아 폐를 끼치는 일은 없을 듯한데. 대신 카페 매상이 줄어들려나. 이곳의 등장이 주변 상권에는 어떤 영향을 미쳤을지 궁금해졌다. 츠타야 가전이 자리 잡은 세타가야구는 도쿄의 23개 구 가운데 가장 인구가 많고 소득 수준이 높은 지역이다. 원래는 고급스러운 주택이 늘어선 동네였는데 츠타야 가전과 라이즈 쇼핑센터가 인기를 끌면서 외지인도 많이 찾는 '핫 플레이스'로 변모하고 있다.

츠타야 가전에는 엄선된 가전제품 말고도 또 다른 비밀 병기가 있다. 바로 서점 각 분야에 배치된 전문 컨시어지. 츠타야의 설명에 따르면 '내 생활에 맞는 제품을 고객에게 조언할 수 있는 사람들'이다. 처음에는 단순히 직원을 좀 더 많이 배치하는 개념으로 생각했는데, 코너마다 서 있는 컨시어지 직원들의 범

상치 않은 포스에 관심이 갔다. 알고 보니 여행 코너에 있던 분은 전업 여행가였고, 요리 코너에서 제품을 추천하던 분은 요리사였다. 홈페이지에서 더 상세한 소개를 확인할 수 있었다. 네트워킹 코너를 담당하는 직원은 '육상 자위대로 이라크를 비롯한 해외의 정보 인프라 정비 사업에 종사했다. 귀국 후 경험을 살려 정보통신 전문가로 활동, 현재에 이르렀다'고 적혀 있다. 후덜덜. 건축 코너에 있는 컨시어지는 건축학과 학부와 대학원을 졸업하고, 벨기에와 유럽에서 유학한 뒤 실제 건축 설계 업무에 종사해온 현장 전문가다. 다른 분야도 모두 이런 식이다. 초심자부터 마니아까지 고객이 원하는 요구를 정확하게 이해하고 전문적으로 응대하기 위한 노력의 일환이리라.

"이 동네 사람들 좋겠다."

서가를 둘러보던 남편이 부러움 섞인 한숨을 내쉰다. 이미 전압이 다른 일본의 가전들을 집으로 싣고 갈 수 없어 한 차례 아쉬움을 삼킨 참이다. 우리가 이곳에 살았다면 우리 집 살림 담당 남편은 언젠가 인공지능이 탑재된 진공청소기를 샀을 것이고, 퇴근길에는 요리 책이 가득 꽂힌 서가에 들러 그날의 저녁 메뉴를 고심했을 텐데. 나는 뭘 하느냐고? 뿌듯해하는 남편이 차린 저녁을 얻어먹으며 실컷 책을 읽겠지.

후타고타마가와 츠타야 가전 ^{二子玉川 蔦屋家電}

주소 세타가야구 타마가와 1-14-1
후타고타마가와 라이즈 쇼핑센터 테라스 마켓
世田谷区玉川 1-14-1　二子玉川ライズ
S.C. テラスマーケット

영업시간 가전 매장 9:30~21:00 / 도서 매장 ~22:30

책 읽는 남자와 살기

　　남편과의 연애가 공개되었을 때 많은 사람들이 '책을 좋아하는 커플'이라는 점에 주목했다. 그가 처음 나에게 개인적으로 연락을 한 계기가 책이기는 했다. 책을 빌려주겠다며 우기는 통에(나도 사서 볼 수 있는데) 첫 데이트를 하게 된 것도 사실이다. 회사에서는 말도 없고 무뚝뚝하던 사람이 빌려준 책은 잘 읽었냐는 핑계로 전화를 걸어 새벽 5시까지 책 이야기를 쏟아냈다. 물론 나도 끊지 않았지만.

　　남편은 소설 속 인물의 이야기를 꺼내는 척하며 나의 취향을 물었고, 어떤 사람을 좋아하는지 혹은 싫어하는지를 파악하려 했다. 나의 과거 연애도 솔직히 궁금해했다. 나이 차이가 많이 나는 사람은 만나본 적 없고 또래들을 만났다고 하니 당황하던 순간이 기억난다. 그땐 밤새도록 너무 많은 질문을 하기에 원래 그런 (할 일 없는) 사람인가 싶었다. 요즘 밤 9시만 되면 곯아떨어지는 남편에게 묻곤 한다. 그때 무슨 약이라도 먹었느냐고. 남편은 말한다. 무리 좀 했다고. 그렇게 무리해서 책 이야기를 토해내던 그와 나는 결국 부부가 되어 책방을 열었다.

　나에게 남편의 책 읽는 모습에 반했냐고 묻는다면, 글쎄. 나는 책 읽는 남자를 사귄 게 처음이었다. 어려서부터 나의 이상형은 늘 '몸 잘 쓰는 남자'였다. 몸이라고 하니 좀 이상하네. 정확하게 말하자면 체육을 잘하는 남자였다. 특히 잘 달리는 남자, 아니면 노래를 잘 부르는 남자. 확고하게 예체능 쪽이다. 굳이 공부를 한다면 문과 타입보다는 이과 타입이 좋았다. 언어영역은 내가 충분히 잘하니까. 결혼하기 전까지 사귄 남자 친구들도 대부분 책을 읽을 시간에 농구를 한다든지, 사색하기보다는 몸을 먼저 움직이는 쪽이었다. 내가 워낙 정적인 사람이어서 나와 정반대인 모습에 매력을 느꼈던 것 같다.

　그러다 어느 순간 연애 자체에 회의가 찾아왔다. 언어 영역에 서툰 남자들과 연애를 해오면서 '어차피 남자들은 내 말을 알아듣지 못해'라는 강한 귀납적 결론에 이르렀다. 활발하고,

잘생기고, 귀엽고, 착하고, 뭐 그 정도면 됐지 내 깊은 내면까지 이해받아야 할 필요가 있나 생각했는데, 나이가 들고 고민이 많아질수록 연인과 속 깊은 이야기를 나눌 수 없다는 사실이 답답해졌다. 하나씩 가르쳐도 보고, 속마음을 길게 설명해보기도 하고, 감성을 일깨워보려 눈물짓기도 했지만 태생적으로 활기찬 그들은 마음의 소리에 귀 기울이는 데 익숙하지 않은 종족. 더욱이 어려서부터 문학을 탐독한 탓인지 사랑에 대해서도 온갖 비유와 은유를 섞어가며 공감각적 표현을 즐기던 나에게 그들은 늘 '모 아니면 도' 식의 반응을 보일 뿐이었다. 결국 나는 '연애는 재미가 없어'라고 단정 짓고 모처럼 긴 연애 휴식기를 보내고 있던 참이었다. 그때 다가온, 일곱 살 많은 아저씨가 지금의 남편이다.

예능 프로그램 〈신혼일기〉에 출연했을 당시 우리 부부가 대화하는 장면이 인터넷에 짧은 영상으로 많이 돌아다녔다. '상대의 자존심이 상하지 않게 하고 싶은 말을 꺼내는 소영'이라든지 '어려 보이지만 알고 보면 머리 꼭대기 위에 있는 아내' 등의 자막과 함께. 주로 내가 대화를 잘 이끈다는 평이 대부분이었다. 그러던 어느 날 조회 수가 100만 건이 넘는 영상에 댓글이 2만 개나 달려 있어 하나하나 읽어보았다. "나도 좋게 얘기할 수 있는데, 남친이 말을 안 들어먹는 데 어떡함" "저만큼 대화가 통하는 남자가 어디 있음?" "대화 같은 건 이미 포기한 지 오래" "방송이니까 그렇지, 실제로 저러겠냐" 등등. 물론 방송이니까 서로 더 노력한 부분도 분명 있었겠지만, 실제로 대본이나 큐시트는 없었다.

영상에 달린 댓글들에 공감했던 건, 둘 중 한 사람이 아무리 소크라테스식 문답법을 쓴다 한들 나머지 한쪽이 받아주지 않으면 아무 소용이 없기 때문이다. 남편에게 가끔 서운할 일이 생겨도 금세 풀리는 이유는 남편이 눈치가 정말 빨라서다. 굳이 말로 설명하지 않아도 상황을 이해하고, 말을 꺼내면 맥락을 이해한다. 대화할 때 지금 이야기를 꺼내야 할지 중단해야 할지 등을 판단하는 감각도 좋은 편이다(그런데 주변 사람들에게 이 이야기를 했더니 동의하지 않았다. "너한테만 그런 거다"라고 하더라. 눈치도 사랑인가 보다).

실은 대학생 때 토론 팀에서 활동했던 나는 사귀는 남자마다 자신이 궁지에 몰리면 "나랑 토론하려 들지 마" 따위의 말을 해서 한때 '토론 트라우마'가 있었다. 남편은 토론을 두려워하지 않는다. 토론이 말싸움이 아니라 서로의 다름을 파악하고 접점

잠들기 전에

책 읽는 즐거움을 공유하지 않았더라면

우리의 머리맡은

얼마나 황량했을까.

을 찾기 위한 과정이라는 것을 아는 것이다. 인정할 건 인정하고, 포기할 땐 포기하고, 바짝 엎드릴 때를 알지만 때로는 논리적으로 반박한다. 솔직히 이런 사람 흔치 않다.

나는 남편이 대화와 토론이 가능한 사람인 것이 그가 책을 읽기 때문이라고 생각한다. 한때 '활발한 친구들'에게 책을 강제로 읽혀도 보았지만, 대부분 "그래서 이 사람이 악당이야?" 같은 일차원적인 감상으로 나를 좌절케 했다. 반면 남편은 혼자 책을 읽다가도 대뜸 이런 말을 한다.

"이 부분을 읽는데 어제의 내 모습이 겹쳐졌어. 생각해보니 어제는 내가 잘못했어. 나는 결혼을 참 잘한 것 같아. 더 사랑해야겠다는 생각이 들었어."

책만 한 스승이 없다더니.

때로는 같은 책을 읽으며 서로 다른 생각을 발견할 때도 있다. 우리 부부는 둘 다 톨스토이의 『안나 카레니나』를 인생 책으로 꼽는데, 하루는 국내에서 원작을 재해석한 뮤지컬이 개막해 함께 보러 갔다. 뮤지컬을 본 남편은 안나의 남편 카레닌이 원래 멋진 남자인데 극에서 잘 재현하지 못한 것 같다고 했다. 엥, 멋지다고? 안나 남편은 원래 '노잼' 캐릭터 아닌가. 내 말을 들은 남편이 더 놀랐다.

그날 우리는 '멋진 남자란 무엇인가'를 두고 이야기를 나누었다. 남편이 생각하는 멋진 남자는 카레닌처럼 기쁠 때나 힘들 때나 필요 이상으로 호들갑 떨지 않는 차분한 사람. 하지만 내게 카레닌은 표현이 서툴고 무정한, 함께 살면 외로울 것 같은 남자다. 그렇기에 결혼 후에도 늘 외로웠던 안나가 촉촉한 눈빛으로 다가온 젊은 장교 브론스키에게 끌린 것도 이해는 간다고. 남편은 내 이야기를 한참 듣더니 실로 충격적이라며, 이제는 자기도 진중함(?)을 버리고 더 많이 표현하는 사람이 되겠다고 했다. 안 그래도 잘하고 있었는데.

거실 소파와 탁자, 부엌 식탁, 서재의 책상까지 우리 집은 온통 책투성이다. 특히 안방 침대에는 각자의 베개 주변에 책이 잔뜩 쌓여 있다. 보통 대여섯 권에서 많게는 수십 권이 널브러져 있어도 서로 치우라고 잔소리하지 않는다. 거의 매일 밤 우리는 나란히 누워 그날의 기분에 따라 읽고 싶은 책을 읽는다. 가끔 궁금하면 서로의 책에 고개를 내밀기도 하고, 먼저 잠든 사람의 머리를 쓰다듬기도 한다. 잠들기 전에 책 읽는 즐거움을 공유하지 않았더라면 우리의 머리맡은 얼마나 황량했을까.
책을 좋아하는 남자와 함께 사는 데는 이토록 많은 장점이 있다. 물론 단점도 있다. 내가 이렇게 긴 시간 동안 원고를 쓰고 있는데, 뭐 하냐고 묻지도 않고 저기 소파에서 혼자 책 읽느라 정신이 없다는 거. 그 외에는 데리고 살 만합니다.

덧. 불러서 이 글을 읽혔더니 할 말이 있다고 한다. 자기도 운동 잘한다나.

낡고 손때 묻은 헌책의 거리

하루 일정을 시작하기 전 미리 동선 체크하길 좋아하는 남편이 지명을 검색해보더니, 오늘 일정상 조금 애매한 위치인데 꼭 갈 만한 곳이냐고 물었다. "아무래도 그렇지" 했다가 "아니, 꼭 가야 해"라고 고쳐 말했다. 책의 거리 진보초를 책방 여행에서 빼놓을 수는 없다. 도쿄에 여러 번 와보았지만 진보초는 한 번도 방문한 적이 없었다. 미리 감상을 말하자면, 둘 다 오길 참 잘했다고 생각했다. 남편의 표현을 빌리자면 '책방 여행이란 이런 것이구나'를 느낄 수 있었달까.

보랏빛 한조몬선을 타고 진보초역에 도착했다. 꽤 많은 사람이 함께 내렸다. 아니 디즈니월드도 아니고 그저 헌책방 거리가 있는 역인데, 뭐지 이 사람들은. 역 계단을 올라오자마자 보이는 초록색 간판에는 '120년 역사의 도쿄도 서점東京堂書店이 2012년 페이퍼백 카페Paper Back Cafe로 재개장했다'는 소식이 적혀 있다. 120년이라니, 시작부터 심상치 않다. 표지판에 그려진 화살표를 확인한 뒤 길을 따라 걸었다. 여행에서 처음으로 지도 앱을 켤 필요가 없었다. 어차피 가는 길에 보이는 골목골목이 모두 서점이다.

금테 안경을 끼고 책을 고르고 있는 백발이 성성한 어르신이 눈에 들어온다. 왠지 미술 학도나 예술가처럼 보이는 멋진 차림의 이들도 있고, 골목에 숨은 서점을 찾는 듯이 두리번거리는 관광객의 모습도 보인다. 일본어가 잔뜩 쓰인 책을 구경하며 카메라를 들이미는 외국인을 보니 새삼 신기했다. 물론 우리도 마찬가지. 뉴욕의 스트랜드 서점, 파리의 셰익스피어 앤 컴퍼니, 런던의 채링크로스 로드처럼 도쿄 진보초는 전 세계에서 책을 즐기고 좋아하는 사람들이 몰려드는 책의 거리다. 이 길을 걷는 모두가 오직 책을 구경하기 위해 이곳에 모였다. 왠지 낭만적인 기분이 들어 슬며시 가슴이 두근거렸다.

진보초에 헌책방이 꽃피운 건 1880년대로, 인근 지역에 메이지법률학교(지금의 메이지대학)와 영국법률학교(지금의 주오

대학) 등이 생겨나면서부터다. 당시 일본 학생운동을 이끌던 대학들이 중심이 되어 이념 서적과 대학교재를 판매하는 헌책방이 하나둘 문을 열었고, 현재까지 그 명성을 유지하고 있다. 19세기에 영업을 시작해 창립 100년을 훌쩍 넘긴 고서점들도 여전히 골목을 채우고 있다.

어디서든 손쉽게 책을 살 수 있는 시대에 남아 있는 책의 거리라니. 그것도 낡고 손때 묻은 헌책을 사려는 사람들이 거리를 가득 채운 모습이라니. 걸으면서도 계속 낯설게 느껴졌다. 진보초의 작은 서점들은 낡은 간판만 하나씩 걸어둔 채 무심하게 열려 있다. 300여 곳의 고서점이 모여 있다고 들었는데, 획일적인 스타일의 책방은 거의 찾아볼 수 없다. 얼핏 보면 다 비슷해 보이지만 안으로 들어가 자세히 살펴보면 영화, 미술, 건축 등 전문성을 갖춘 경우가 많다. '건축 서적 전문' '미술 잡지 많아요' 같은 광고 문구는 어디에도 없지만 아는 사람은 알아서 찾아가는 시스템. 고서 전문 서점에 들어가 빽빽한 한자를 그림처럼 들여다보았지만 고서의 가치를 잘 구분하지 못하는 나로서는 아쉬울 뿐이다. 그래도 누구 하나 오래 구경한다고 눈치 주지 않는 작은 헌책방의 좁은 서가 사이를 요리조리 구경하는 재미가 있었다.

입구는 좁아 보여도, 막상 작은 문을 열고 들어서면 이 공간에 어떻게 이렇게나 많은 책이 들어차 있을까 싶을 정도로 빼곡한 책의 세계가 펼쳐진다. 정리를 잘하는 일본인의 성향은 진보초에서 빛을 발한다. 건물 외벽을 헌책으로 가득 채워놓은 서가도 보았는데, 행인들이 걸음을 멈추고 마음에 드는 책을 발견하게 만드는 길거리 서점이었다. 고서점은 대부분 큰 유리창 너머로 안을 들여다볼 수 있어 골목을 걷기만 해도 신기한 볼거리가 계속 눈에 띄었다. 30여 년 전 발행일이 찍힌 여성지와 모델 화보집 같은 것들도 흔했다. 이 나라에서는 시대극을 찍을 때 소품 구하기 어렵지 않을 듯. 산처럼 쌓인 책 더미에 일일이 긴 메모를 붙여놓은 모습은 마치 강시 이마에 부적을 붙여놓은 듯해 괴이한 느낌도 들었다.

골목골목 서점을 구경하며 걷다 보니 어느덧 페이퍼백 카페 앞. 이곳은 일본 사람에게 '도쿄도 서점'이라는 이름으로 훨씬 익숙하다. 1890년 창업해 지금까지 애서가들의 사랑을 듬뿍 받아온 도쿄도 서점은 서점 업계의 지각변동에 기꺼이 몸을 맡겼다. 3층 서점 전체를 북카페를 겸한 공간으로 탈바꿈한 것. 유서 깊은 공간일수록 옛 모습을 지키기 위해 버티는 경우가 많은데, 창업 100년이 훌쩍 넘은 이곳은 오죽했을까. 북카페로 변신하기까지 아주 오랜 고민과 큰 결단이 필요했을 터다.

밝은 햇살을 받아 반짝이는 간판은 역 앞에서 본 표지판처럼 짙은 녹색이다. 새것 같은 느낌은 나지만 번지르르하지 않다. 카페와 카운터를 둘러보니 흉내만 낸 게 아니라 직접 로스팅한 원두로 커피를 내리고, 차 메뉴도 충실하다. 에스프레소 추출 방식으로 내린 홍차를 판다고 해 차 마니아인 내게 추가 점수를 획득했다. 도쿄도 카레와 타코라이스, 이탈리아식 스무디 그라니타, 카스텔라와 각종 스위츠 등 식사 메뉴와 음료, 디저트 메뉴에도 세심히 고민한 흔적이 보였다. 특히 아보카도 쉬림프 샌드위치가 유명하다고. 메뉴판에서 고개를 돌리자 나무의 질감을 살린 테이블과 의자, 아이보리색 벽면과 따뜻한 조명이 눈에 들어온다. 진보초에서는 나름 대형 서점이지만 편안하면서도 고서점의 분위기를 간직하기 위해 노력한 모습이다.

벽면과 엘리베이터 게시판에는 각계 저명인사가 참여하는 행사 일정이 소개되어 있다. 때로는 작가의 작업 노트와 교정쇄, 샘플 도서 등을 전시하기도 한다고. 교정쇄란 판매용 책이 제본되기 전, 서점 직원들이 미리 읽어볼 수 있도록 만든 버전의 원고다. 서점 직원들은 책이 출간되기 전에 미리 교정쇄를 읽어보고 이 책을 어떻게 팔아야 할지, 어떤 사람에게 어떤 방

식으로 소개하면 좋을지 등을 고민하고 논의한다고 한다. 독자
입장에서도 출간되기 전의 원고를 미리 만나볼 수 있다면 재미
있을 것 같다. 오래된 서점의 용기 있는 도전을 응원하며, 다시
진보초 거리로 나왔다.

덧. 이곳에서도 서점 이름을 걸고 카레를 팔고 있으니 말인
데, 진보초는 카레의 거리로도 유명하다. 조금 과장하면 역에
서 내리자마자 카레 향을 맡았다. 골목을 지나다 보면 사람들
이 길게 줄 서 있는 낡고 좁은 가게를 종종 볼 수 있는데, 이래
봬도 꽤나 유명한 카레집들이다. 처음에 갔을 때는 나도 모르
고 지나쳤지만 나중에 하나하나 다 유명한 맛집이라는 걸 알고
몹시 후회했다. 고서점도 그렇지만 음식점 역시 한 번 와서는
알아채기 어려운, 보물찾기 하듯 발견하는 매력이 있다.

두 번째로 방문해서야 비로소 카레를 먹어보았다. 우리가 선
택한 곳은 진보초에서도 가장 오래되었다는 '교에이도共栄堂'.
무려 1924년에 문을 열어 아직까지 영업하고 있다. 인도네시아
수마트라섬의 요리법을 따른 카레로 유명하다고 하기에, 일본
식 카레는 많이 먹어보았으니 좀 색다른 맛을 즐기고 싶었다.
한 일본 방송에서 기무라 타쿠야가 이곳을 방문해 소 혀로 만든

카레를 먹기도 했다고. 카레별로 고기 종류도 다르고, 고기 부위별로 소스의 맛도 바뀐다. 고기가 고아진다는 느낌으로 오랜 시간 푹 끓여 만든 검은빛 소스가 특징. 나는 해시비프카레를, 실은 남편에게는 소 혀 카레를 먹게 했는데 '아주 특이한 맛'이라는 평을 남겼다.

도쿄도 서점 東京堂書店
——————————————

주소 지요다구 간다진보초 1-17
　　　千代田区神田神保町 1-17
영업시간 10:00~21:00 / 일, 공휴일 ~20:00
홈페이지 tokyodo-web.co.jp

수마트라 카레 교에이도 スマトラカレー共栄堂
——————————————

주소 지요다구 간다진보초 1-6 선 빌딩 지하 1층
　　　千代田区神田神保町 1-6 サンビル B1F
영업시간 11:00~20:00 / 일 휴무

고양이 집사들을 위한 고양이 서점

　사실 나는 고양이를 좀 무서워하는 편이다. 생각해보면 고양이는 죄가 없는데, 고양이를 무서워하는 엄마의 영향으로 나까지 그렇게 됐다. 아이들은 엄마가 좋고 싫어하는 것에 영향을 많이 받으니까. 예전에는 고양이를 무서워한다고 고백하면 "그럴 수도 있지" 하는 분위기였는데, 언제부턴가 "아니 이렇게 귀여운데?" 하며 갸우뚱하는 반응이 더 많아졌다. 나도 요즘은 배고픔과 추위에 떠는 길고양이를 많이 마주치다 보니 길에서나 주차장에서 고양이를 발견하면 측은한 마음을 많이 느낀다. 얼마 전에는 아파트 입구 앞에 고양이가 비석 같은 자세로 앉아 있는 바람에 30분 넘게 집에 못 들어가기는 했지만. 아직은 실

물보다는 캐릭터가 좋다.

　고양이를 키우는 집사를 만나면 고양이의 장점을 끝도 없이 듣게 된다. 고양이의 청결함과 독립적인 성격을 찬양하기도 하고, 도도한 걸음걸이로 걷다가도 이내 다가와 볼을 부비며 애교를 부리는 모습에 뼈가 녹는 행복을 느낀다는 간증이 이어진다. 무뚝뚝한 성격의 나조차도 집사들이 보여준 고양이 사진을 볼 때면 "으으, 귀엽군" 하며 앓는 소리를 내지 않을 수 없다. 고양이는 정말 귀엽다.

　'애묘'의 역사가 긴 일본에서는 도처에서 고양이를 발견할 수 있다. 식당에 가면 재운을 불러온다는 행운의 상징 마네키네코가 손을 까닥이며 손님을 맞이하고, 길을 걸을 때면 고양이가 그려진 간판이나 일러스트가 자주 눈에 띈다. 고양이 관련 산업이 웬만한 문화 산업 못지않게 높은 인기를 누리면서 고양이를 뜻하는 일본어 '네코'와 '이코노믹스'의 합성어인 '네코노믹스'라는 말이 등장했을 정도다.

　고양이의 식을 줄 모르는 인기는 출판계에서도 예외는 아니어서, 일본의 어느 서점을 가든 고양이를 다룬 책이 꼭 한두 권쯤 눈에 들어오곤 했다. 심지어 진보초에는 고양이 책만 다루는 서점이 있다는 정보를 입수해, 직접 찾아가보았다. 서점 이

름은 '진보초 냥코도神保町 にゃんこ堂', 겉에서 보기에는 작고 평범한 가게지만, 고양이 앞발 모양의 간판이 걸린 문을 열면 이곳을 꽉 채운 게 모두 고양이 책이라는 데 놀라게 된다. 고양이 집사에게는 그야말로 꿈의 서점. 그 작은 공간에 얼마나 많은 손님이 있던지. 다들 고양이 사진을 들여다보고 책을 구경하느라 정신을 못 차리는 모습이 귀여웠다.

우리가 방문했을 때는 '쿵푸 하는 고양이'라는 주제로 사진 전시가 한창이었다. 고양이가 움직이는 모습을 순간 포착해 마치 무술을 하듯 담아낸 수백 장의 사진이 벽면을 가득 채웠다. 확실히 강아지와는 몸동작도 표정도 다르다. 우리가 사진을 들여다보고 있으니 인상 좋은 할머니 직원분이 웃으며 인사를 건넸다. 사진을 찍어도 되겠느냐 물으니, 꼭 찍으라며 나가는 길에 사진은 잘 찍었느냐고 확인까지 하셨다. 책방 주인일까. 아니면 파트타임으로 일하고 계신 걸까. 고양이를 좋아하는 서점 할머니라니, 실례지만 너무 귀엽다.

일본의 서점을 둘러보면 꼭 눈에 들어오는 것 중 하나가 직원들의 손글씨다. 특히 작은 서점에 가면 직원들이 손으로 꾹꾹 눌러쓴 책 소개 글을 읽는 게 소소한 재미다. 냥코도 서가에도 곳곳에 책을 추천하는 직원들의 메모가 붙어 있었다. 고양이에

대한 사랑으로 가득한 내용도 너무나 사랑스러운 데다 글씨도 하나같이 귀엽다. 고양이를 좋아하면 다들 귀여워지는 걸까.

고양이의 예쁨을 칭송(?)하는 에세이와 사진집은 물론 고양이 전문 잡지, 초보 집사에게 고양이 키우는 법과 주의할 점을 알려주는 전문 서적, 고양이 대백과사전 등등 분야를 망라한 책들이 빽빽하게 꽂혀 있다. 이곳에서는 고양이에 관한 책이라면 뭐든 찾을 수 있을 것 같다. 귀여운 고양이 사진과 일러스트를 활용한 포스터와 캐릭터 티셔츠 등 고양이 굿즈도 잔뜩 구비되어 있다. 어느새 남편과 나는 "귀여워~"를 연발하며 고양이 엽서와 편지지, 생일 카드를 몇 장 골랐다. 이번 크리스마스에 고양이 집사들에게 선물해야지. 다들 입을 헤 벌리고 귀엽게 웃으며 좋아할 모습이 눈앞에 선하다.

진보초 냔코도 神保町 にゃんこ堂
_____

주소 지요다구 간다진보초 2-2 아네가와 서점 내
　　　千代田区神田神保町 2-2 姉川書店内
영업시간 월~금 10:00~21:00 / 토, 공휴일 12:00~18:00 / 일 휴무
홈페이지 nyankodo.jp

끊어진 길 위에서 발견한 행복

아나운서로 일하는 동안 의미 있고 즐거운 일도 많았지만, 사실 마지막 1년은 잘 기억이 나지 않는다. 언제나 같은 일과를 반복했기 때문이다. 그 시절의 기억은 '자리에 앉아서 책을 읽는 나' 한 장면 외에는 흐릿하다. 나머지는 그저 잊고 싶었는지도 모르겠다.

수천 대 일의 경쟁률을 뚫고 아나운서 시험에 합격하면, 그중에서도 몇 차례의 사내 오디션을 거쳐 뉴스 앵커를 선발한다. MBC에 입사한 뒤, 어쩌면 아나운서를 꿈꾸는 모두가 선망하는 앵커의 자리에 일찍 앉았다. 나이도 어리고, 대단한 식견을 가진 것도 아니었지만 언젠가는 나의 관점을 담아 뉴스를 전달

할 수 있을 거라 믿었다. 하지만 당시 정권의 입맛에 맞춘 뉴스 보도와 회사 내부의 폭압적인 상황에선 그런 꿈은 꿀 수조차 없었다. 앵커 멘트를 손볼 때마다 눈치를 봐야 했고, 편향된 보도에 의문을 제기할수록 낯선 미움을 받을 뿐이었다. 회사와 같은 입장에 선 선배에게 괴롭힘을 당하거나 조직에서 부당한 처우를 받는 것은 괜찮았다. 하지만 앵커로서 제대로 역할을 다할 수 없다면 차라리 자리를 내려놓고 싶었다. 시청자에게는 부끄럽고 나 자신에게는 견딜 수 없이 고통스러운 시간이었다. 살다 보면 누구나 인생에 한 번쯤 그런 시기가 오게 마련이다. 무슨 수를 써도, 아무런 진심도 통하지 않는 시기. 자책과 자학의 시기를 거쳐, 내가 할 수 있는 일은 오직 기다리는 일뿐이었다. 그래서 더 책으로 파고들었다. 논픽션보다는 상상 속에 머물 수 있는 소설책을, 현실과 동떨어진 이론서와 역사책을 읽으며 속을 달랬다.

속이 터지고 울화가 쌓이던 기간 동안 그나마 내가 좋아했던 일은 라디오 진행이었다. 특히 새벽 2시에 방송했던 〈잠 못 드는 이유, 김소영입니다〉는 많은 사람에게 나를 라디오 진행자로 각인시켜 준 '심야 라디오' 중 하나로, 나에게는 고맙고 특별한 프로그램이다. 지금이라면 그때처럼 진지하게 임할 수 있을까 싶을 만큼 사연 하나하나에 최선을 다하려고 노력했다.

하지만 청취자의 사연에 답하는 일조차 당시 회사 사정에서는 쉽지가 않았다. 고민을 들어주다 보면 우리를 둘러싼 세상 이야기를 안 할 수가 없는데, 시사 이슈를 일체 언급하지 않고 할 수 있는 조언이 얼마나 된단 말인가. 하고 싶은 말을 속 시원히 할 수 없으니 빙빙 돌려 말하는 재주만 늘었다. 내 사정을 아는 청취자들은 숨은 뜻(?)을 이해한다며 응원하기도 했지만 그 뜻을 국장님도 사장님도 눈치채버린다는 게 문제였다. 물론 내 말을 매번 찾아 듣지는 않을 거라 생각하고(그런데 그 일이 실제로 일어났습니다) 가끔은 소신껏 이야기를 했지만, 시간이 갈수록 그 작은 저항을 이어갈 힘조차 잃어가게 되었다.

그래도 겉으로는 가장 강한 척을 하던 때였다. 원래 어떤 상황이든 가장 강한 척할 때가 가장 취약할 때인 듯싶다. 지금은 허허실실로 대처한다. 진짜로 괜찮기 때문에. 어쨌든 그 시기에 피디 선배와 나는 하고 싶은 말 대신 책을 읽어주기로 했다. 우리는 골라도 꼭 회사에서 싫어할 것이 분명한 조지 오웰의 『1984』 같은 책을 선택했다. 권력과 전체주의를 날카롭게 비판한 세계문학을 자유로운 대한민국을 수호하는 분들께서 왜 싫어하겠냐며. 아무리 생각해도 피할 이유가 없었기에 방송을 강행했다. 그리고 SNS에 서평까지 올렸는데, 결국 된통 혼나고 방송에서 하차하는 등 꽤나 고생했다. 할 말은 많았지만 동료들에게 누를 끼칠 수 없어 꾹 참았다. 솔직히 '그들'에게는 우리를 싫어할 논리도 근거도 없는데, 우리는 그들 밑에서 겨우 숨만 쉬어야 했다.

그러던 어느 날이었다. 지구상에 살아남은 유일한 현생인류인 호모사피엔스의 과거와 미래를 다룬 인문서 『사피엔스』를 읽고 여느 때처럼 서평을 남겼다. 얼마 후, 그 책을 번역 출간한 출판사에서 저자의 내한 강연에 나를 초청했다. 그냥 구경 오라는 게 아니었다. 저자 유발 하라리와 국내 전문가들이 함께하는 토론을 진행해달라는 요청이었다. 책을 워낙 흥미롭게 읽은지라 덜컥 그러겠다고 했는데, 상세한 이야기를 들어보니 내게 전혀 강점이 없는 과학 분야인 데다 영어 토론이었다. 내가 무슨 짓을 한 거지.

솔직히 나는 살면서 긴장해본 적이 거의 없다. 잘난 척을 조금 하자면 연습보다는 실전에 강한 무대 체질이다. 그렇다고 카리스마가 있거나 흥이 넘치는 캐릭터는 아니고, 그냥 어떤 상황에서든 무덤덤하다는 말이다. 수많은 관객 앞에서 가면을 쓰고 노래했던 〈복면가왕〉에서는 덜덜 떨었지만. 토론 사회야 종종 해왔으니 그리 어려운 일도 아니었다. 그런데 이번만큼은 좀 걱정이 됐다. 감명 깊게 읽은 책의 저자이자 세계적인 석학을 만나는 것만으로도 신기한데 그와 토론을 진행하다니. 대중을 상대로 하는 텔레비전 토론도 아니고, 강의를 보러 오는 이들은 대부분 관련 주제에 관심이 많은 전문가들일 터였다. 망신당하고 싶지는 않았다. 내가 할 수 있는 일은 책을 열심히 읽고 또 읽는 것뿐. 두꺼운 책의 귀퉁이를 접어가며 밑줄을 쫙쫙 긋는 동안 어느새 그날이 다가왔다.

'여러 번 시뮬레이션한 대로만 하면 된다. 전체적인 흐름을 놓치지 않고, 패널이 하는 말의 핵심을 기억하고 있다가 관련 질문으로 다음 발언을 매끄럽게 유도해야지.' 그러나 패널들은 이런 내 마음을 아는지 모르는지, 때로는 전혀 상관없는 주제로 넘어가거나 도무지 기억하기 힘들 만큼 길고 긴 답변을 하기도 했다. 시선은 패널을 향한 채, 책상에 놓인 손은 미친 듯이 메모를 했다. 첫 번째 질문은 이거였고, 두 번째 질문은 뭐였더라. 머릿속이 바쁘게 돌아갔지만 책 내용만큼은 빠삭했기에 다행이었다. 자칫 토론이 우왕좌왕해지려고 할 때면 얼른 머릿속의 책을 펼쳐 패널이 말하려는 핵심이 무엇일까를 찾아냈다. 혹시 이것이냐고 묻고, 아니라고 하면 추가 질문으로 재차 확인. 무슨 이야기가 오갔는지 지금은 잘 기억이 나지 않는다. 정신이 없었지만 태연한 척했다는 감각뿐.

토론을 끝내고 나니 박수 소리가 들려왔다. 물론 내가 아닌 저자를 향한 박수였지만. 나중에 주최 측으로부터 토론 진행이 아주 좋았다는 칭찬을 들었다. 토론에 참여한 선생님들과 참석자들에게 사회자가 없었으면 큰일 날 뻔했다는 과분한 말씀을 들었다. 유발 하라리가 나중에 회사로 직접 사인한 책을 보내주기도 했다. 무엇보다 중요한 건 그날 내가 굉장한 재미를 느꼈다는 점이다. 이런 게 머리와 가슴을 함께 쓰는 일이구나. 커다란 깨달음에 흥분했다.

집으로 돌아가는 버스 안에서, 직업으로 아나운서를 선택하기 전에 내가 원래 하고 싶었던 일은 무엇이었는지 생각해보았다. 사람들 앞에서 내 생각을 말하는 일? 아니다. 타인의 값진 생각을 다른 사람들이 잘 이해할 수 있도록 돕는 일에 더 큰 보람을 느낀다. 텔레비전에 나오는 일? 주목받는 메인 프로그램의 주인공? 아니다. 큰 역할인지 작은 역할인지는 중요하지 않다. 주인공이 아니어도 좋다, 정말로. 내가 주인공들에게 배우고 느낀 내용을 전달하고, 그 과정에서 농담 한마디 섞어 웃음을 주기도 하고, 어려운 정보와 지식은 편하게 떠먹여주는 역

할을 맡고 싶다. 출판 토론회는 아나운서였기에 얻은 기회였지만, 꼭 방송을 해야만 할 수 있는 일은 아니라는 생각도 들었다. '앞으로 내가 어디에 있든 오늘 같은 일을 하고 싶다.' 늘 불명확했던 미래의 상이 처음으로 잡힌 순간이었다.

당시에는 토론회든 뭐든 내가 하는 모든 일에 회사의 허락을 얻기가 매우 어려웠다. 경제적 이득을 얻는 행사가 아니어도, 방송도 안 주고 있는데 괘씸하게도 즐거워하는 게 보기 싫었는지 어디든 잘 보내주지 않았다. 그날의 토론 역시 겨우겨우 허락을 받고 참여할 수 있었는데, 그 순간이 아나운서 생활에서 가장 즐거웠던 기억으로 남았다는 사실이 아이러니하다. 회사를 퇴사한 건 그날로부터 더 오랜 시간이 지난 후였지만, 결국 책을 쓰고 파는 사람이 되었으니 그때 정했던 길을 향해 조금씩은 나아가고 있는 것 같다.

내 책방을 열고 나서, 종종 소규모 북토크를 진행한다. 개런티를 받으며 진행하는 것도 아니고, 참가자에게 입장료를 받지도 않는다. 그냥 내가 좋아서 하는 일이다. 작가분이 쑥스러워 본인 자랑을 못 하면 대신 해드리고, 독자들이 궁금해하는 질문도 대신 던져본다. 익명으로 고민을 받아 함께 해결책을 찾

을 때도 있다. 마음이 아픈 사람을 위로하다가 내 눈에 눈물이
맺히기도 한다.

한때는 더 많은 대중 앞에 선 나를 상상했고, 촌철살인의 멘
트와 카리스마를 내뿜는 앵커를 꿈꿨다. 그러나 화장기 없는
얼굴로 서점의 간이 의자에 앉아 있는 지금의 나는 아주 행복
하다. 꿈이 소박해졌거나 욕심을 내려놓았기 때문만은 아니다.
열댓 명의 사람들 앞에서 오히려 무릎을 탁 치고 가슴을 울리게
만드는 이야기가 생겨난다는 것을 알게 되었기 때문이다. 검열
이 없으니 가릴 것도 없고, 생선회처럼 팔딱팔딱 뛰는 이야기
를 들을 수 있다. 나는 그런 이야기들을 세상에 전달하는 사람
이 되고 싶다. 앞으로 내 삶에 또 다른 깨달음의 순간이 올지도
모른다. 방송인, 책방 주인, 혹은 그 무엇이 되더라도 내가 하고
싶은 일이 무엇인지 끊임없이 묻고 싶다.

기치조지에서 보낸 완벽한 하루

내게 기치조지의 첫인상은 어릴 적 읽은 만화책 속 한 장면으로 각인되었다. 사람들 앞에서 검소한 체하는 인물에게 주인공이 코웃음 치며 내뱉은 대사.

"기치조지의 고급 주택가에 사는 주제에!"

만화책 제목은 까맣게 잊었지만 '기치조지=고급 주택가'라는 등식만은 지금까지 기억하고 있다. 실제로 일본인이 가장 살고 싶어 하는 동네로 매년 손꼽힌다는 걸 알고서는 '역시 그랬군!' 하며 혼자 무릎을 치기도 했다.

기치조지에 실제로 가본 것은 그로부터 10여 년이 흐른 뒤. 유명 관광지 위주로 돌다가 우연히 들르게 되었는데 동네의 매력에 흠뻑 빠졌다. 서울로 치면(이라는 비유를 굉장히 즐기는 것 같다) 망원동 같다고 할까. 주택가의 작은 골목마다 매력적인 가게가 숨어 있고, 신선한 과일과 식료품은 물론 꽃과 나무를 살 수 있는 시장이 있고, 동네 주민과 놀러 온 젊은이가 묘하게 뒤섞인 동네. 땅값이 꽤 비싸다는 것도 공통점이다.

역에 내리자마자 가장 먼저 향한 곳은 '작은 코끼리'라는 이름을 가진 나의 인생 카레집 '마메조まめ蔵'. 역에서 10분가량 슬렁슬렁 걷다 보면 도착하는데, 인기가 많다는 걸 알고 일부러 오픈 시간보다 일찍 찾았는데도 줄이 길었다. 뛰어야 했나. 앞에 선 손님들이 다 먹고 나온 뒤에야 우리 차례가 왔다. 겨울임에도 유독 날씨가 좋았던 그날, 창문으로 비치는 은은한 햇살을 받으며 카레 향을 맡는 순간이 어쩜 그렇게 행복하던지. 밖에서 긴 시간을 기다리다 맛있는 카레 한 그릇을 받아들었으니 당연했을까.

마메조는 1978년에 문을 연, 무려 40년 된 식당이다. 대표 메뉴인 '콩 카레'부터 치킨, 돼지고기, 버섯, 비프, 스페셜 카레 등을 판매하며 가격은 900엔에서 1,100엔 사이. 하나같이 소박하지만 부담 없이 실한 맛이다. 이날은 식탐이 샘솟아 하나를 고를 수 없어 모든 종류의 카레가 다 조금씩 들어 있는 스페셜 카레를 시켰다. 흔히 먹는 일본식 카레와는 다른, 더 깊고 고소한 맛이다. 진득하게 끓인 카레 소스에 익힌 토마토와 야채, 콩, 각종 고기를 한 입씩 떠 넣을 때마다 우리 동네에 있었으면 자주 와서 메뉴를 돌아가며 먹을 텐데 생각했다. 참, 두부와 김을 올린 일본식 샐러드도 굉장히 좋았다. 아, 또 먹고 싶어진다. 다음 번에 방문했을 때도 그 맛 변하지 말아요.

식사를 마치고는 점찍어둔 홍차 가게로 이동했다. 마메조 대기 줄에 남편을 세워놓고 잠시 골목 구경을 하다 발견한 집이다. 빨간 간판이 딱 봐도 귀여운 찻집 같아 눈여겨봐두었는데, 역시 유명 홍차 브랜드 '카렐 차페크Karel Capek' 본점이었다.

나는 커피보다 차를 좋아한다. 카페인에 약한 편이기도 하고, 커피는 향은 좋지만 마시면 입이 쓰다. 나에게 커피란 고등학생 시절 밤을 새우기 위해 억지로 들이켰던 캔 커피의 맛. 시험 기간이면 캔 커피를 박스째 사 들고 집에 들어가면서 '일주일간 잠은 다 잤다'고 마음을 굳게 먹곤 했다. 지금 생각하니 나름 독했다. 아무튼 커피를 억지로 마셨다는 말이다.

커피를 못 마신다면서 북카페를 한다는 게 조금은 부끄럽지만, 원래 처음 책방을 낼 때는 책과 차의 조합을 꿈꾸었더랬다.

"아직은 커피가 대세다""차만 팔면 커피를 좋아하는 사람들은 어떡하느냐"는 주장을 끊임없이 해준 남편 덕에 둘이 함께 커피를 배우고 원두를 고르고 직접 내려가며 끝없이 시음을 반복하는 혹독한 훈련을 거친 결과, 이제는 괜찮은 커피 한 잔을 대접할 수 있는 수준이 되었다. 그럼에도 여전히 커피 메뉴 개발을 한 날이면 과도한 카페인 복용으로 잠을 설치는 탓에, 보통은 커피보단 차를 즐기지만. 실제 매출로 말하자면 커피와 차의 판매량은 너무 압도적인 차이가 나서, 아무리 나의 책방이 세속을 추구하지 않는 곳이라 해도 결과가 민망할 정도다. 남편이 자주 하는 말, "그때 네 말대로 차만 팔았으면…" 이하 생략.

아무튼 차가 너무 좋다. 집에서도 식사를 마치면 차 한 잔을 꼭 마시고, 쉬는 날 좋은 찻집에 가는 것을 소중한 취미로 가꾸고 있다. 아름다운 차향, 차를 내릴 때 흐르는 시간의 미학, 차에 어울리는 티푸드를 곁들이며 편안한 의자에 앉아 책을 읽는 것. 혼자 있어도 부족함을 느끼지 못하는, 내가 가장 좋아하는 순간이다. 마스다 미리의 『차의 시간』이라는 만화도 좋아해서 우리 책방에서도 많이 추천했는데, 아메리카노를 주문하는 손님들도 곧잘 사 갔다. 차를 잘 마시지 않는다고 해도 "차 한잔 할까요" 같은 말에서 느껴지는 여유와 느린 시간의 향을 다들 조금은 알아주는 듯하다.

체코 작가의 이름을 딴 홍차 가게 카렐 차페크의 모토는 'read books and drink tea'라고 한다. 현실에 굴복한 내가 이루지 못한 책과 차의 공간이니, 그냥 나를 위한 카페다. 사실 나는 무덤덤한 성격이란 말을 많이 듣지만, 의외로 귀여운 걸 좋아한다. 조금 촌스러운 취향이라 그런가. 카렐 차페크의 홍차 티백은 귀엽고 아기자기한 패키지 덕분에 더욱 사랑스럽다. 12월을 맞아 크리스마스캐럴이 울려 퍼지는 매장에서 앤티크 동화책 옆에 나란히 놓인 예쁜 틴케이스, 매장에서 직접 구운 스콘과 비스킷, 수제 잼과 다기를 천천히 구경했다. 솔직히 콧노래를 부를 뻔했다.

내가 너무 오래 매장을 빙글빙글 돌고 뚫어져라 차를 고르는 데 시간을 쓰는 바람에 남편은 옆에서 조금 답답해했다. 까르륵거리는 소녀들로 가득한 귀여운 매장에 혼자 서 있기가 좀 쑥스러웠던 모양이다.

"여기 동화책도 있잖아, 책방 왔다고 생각해."

적당히 달래려고 내뱉은 말이지만 실제로 이곳은 눈길을 끄는 동화책이 제법 진열되어 있는 기특한 찻집이다. 그래, 난 책

방 여행을 온 게 맞아. 시간을 허비하고 있는 게 아니야. 죄책감을 떨치고 홍차 티백 딱 스무 개를 골랐다. 아주 힘겹게.

이제 정말 책방으로 간다. 카렐 차페크 찻집 골목을 꺾어 조금만 걸으면 목적지 도착. 도큐 백화점 맞은편 골목길, 서점이 있을 법하지 않은 번화한 골목의 건물 2층에 슬며시 숨어 있는 서점 '햐쿠넨百年'이다. 일본 동네 서점의 특징은 간판이 없거나, 있어도 매우매우 작다는 것이다. 마치 일부러 지나치기라도 바라는 것처럼. 우리 책방도 간판이 없지만 그건 돈이 없어서다. 고맙게도 다들 시크한 느낌을 살리기 위해 간판을 달지 않은 것으로 알아주고 있지만.

햐쿠넨은 '백 년'이라는 의미다. 백 년 된 책들만 모아놓은 곳인가 싶지만 헌책과 신간을 가리지 않고 취급한다. 수수한 문을 열고 들어서니 화려하기 그지없는 오색찬란한 장식으로 가득했다. 요즘 활발히 활동하는 아티스트들이 매달 전시를 연다고 하는데, 이날은 SNS 등을 통해 활발히 활동하고 있는 손그림 아티스트의 그림으로 온 벽과 천장이 채워져 있었다. 마치 낙서장을 뜯어 붙여놓은 것처럼 무심한 그림이지만 자세히 보니 완성도가 높다.

예술, 사진, 영화 등 각종 문화 관련 서적을 주로 취급하는 서점답게 왠지 손님들도 범상치 않았는데, 특히 예술 분야 서가에서 책을 고르던 백발의 꽁지머리를 늘어뜨리고 트렌치코트를 툭 걸친 할아버지는 뭐 하는 분일까 내내 궁금했다. 관광객 포스를 발산하는 건 우리 둘뿐.

녹색 프레임의 서가마다 가득 꽂힌 수입 그림책은 1950년대의 헝가리와 체코 작가의 동화책부터 최근에 출간된 세계 각국의 그림책까지 다양했다. 도록과 전시 리플렛, 독립출판물과 1인 창작자가 만든 개성 있는 문구류도 많았다. 남편은 한참 서가를 돌아다니더니 내가 도라에몽의 동생 도라미를 닮았다는 이유로 좋아하는 만화 『도라에몽』 초판본을 샀다.

책방에서 나오자 어느덧 어슴푸레해진 하늘. "오늘은 서점보단 먹을 게 중심이었지?"라며 남편이 나를 놀린다. 따스한 햇살을 받으며 인생 카레를 맛보고, 사랑스러운 찻집에서 홍차 티백을 스무 개나 고르고, 작은 서점에서 발견한 『도라에몽』 초판본을 소중히 옆구리에 낀 채 우리가 기치조지에서 보낸 완벽한 하루가 저물어간다. 이 완벽한 하루를 더 완벽하게 마무리하기 위해 나는 깊은 고민에 빠졌다. 저녁은 뭘 먹으면 좋을까.

마메조 まめ蔵

주소 무사시노시 기치조지 혼초 2-18-15
武蔵野市吉祥寺本町 2-18-15
영업시간 11:00~22:00

카렐 차페크 Karel Capek 기치조지 본점

주소 무사시노시 기치조지 혼초 2-17-5
武蔵野市吉祥寺本町 2-17-5
영업시간 11:00~20:00
홈페이지 karelcapek.co.jp

햐쿠넨 百年

주소 무사시노시 기치조지 혼초 2-2-10 무라타 빌딩 2층
武蔵野市吉祥寺本町 2-2-10 村田ビル 2F
영업시간 주중 12:00~23:00 / 토 11:00~23:00 / 일 11:00~22:00 /
화 휴무
홈페이지 100hyakunen.com

📖 마스다 미리, 『차의 시간』, 권남희 옮김, 이봄, 2017

당신은 하루키를 좋아하나요

"당신은 하루키를 좋아하나요?"

내가 먼저 답하자면, 나는 하루키를 좋아한다. 그의 군더더기 없는 담백한 문장을 좋아한다. 소설 속 등장인물이 어색한 상황에서 던지는 유머 비슷한 것도 좋아하고, 어딘가 비현실적인 인물 묘사도, 끝끝내 해결되지 않는 줄거리도 좋아한다. 무엇보다 그가 음식에 관해 묘사하는 장면이 좋다.

하루키를 좋아하느냐는 말은 책을 추천해달라는 요청에 이을 말로 내가 가장 많이 선택하는 질문이기도 하다. 하루키만큼 누구에게나 쉽게 추천할 수 있는 작가는 드물다. 가끔 취향도, 자라온 환경도, 세계관도 전혀 짐작할 수 없는 상대가 대뜸

"읽을 만한 책 있어요?"라고 물어올 때가 있다. 그럴 때 "최근에 나온 하루키 신작 읽어보셨어요? 두 권짜린데 편하게 읽기 좋아요"라는 대답만큼 하루키스럽고 쉬운 대답은 없다. 아주 가끔 "난 하루키는 별로던데"라는 사람을 만나기도 하지만.

여기 한 명의 백수이자(갑자기 떠오른 정체성) 책방 여행가인 나는 오늘 하루키의 동네 아오야마에 간다. 그의 동네라고 하는 이유는, 아오야마가 하루키의 사무실과 주요 생활 터전이 있던 곳이기 때문이다. 지금은 사무실이 없어졌다고 하는데 그의 단골 커피숍과 스시집 등이 아직 남아 있어 하루키 마니아에게는 일종의 성지로 자리 잡았다.

그러나 나의 발길은 하루키의 성지를 밟기도 전에 아오야마 유엔대학 앞 광장에 멈춰 섰다. 주말마다 이곳에서 열리는 파머스 마켓의 부름에 응해야 하기 때문이다. 해외에 나가면 꼭 현지 시장이나 주말에 열리는 벼룩시장을 찾아가곤 한다. 시장이라고 무조건 물건이 많지도 않고, 때로는 매장보다 가격이 더 비쌀 때도 있고, 계절에 따라 너무 덥거나 매우 춥기도 하지만 시장에 가면 '진짜 사람'이 모여 있다는 느낌을 받는다.

이곳의 파머스 마켓은 그다지 규모가 크지 않았다. 대학 공

터에 새하얀 천막을 쳐놓고 주민들이 직접 재배한 채소며 과일, 먹을거리와 공예품 등을 판매하는 작은 부스들이 들어선 정도였다. 제철을 맞은 과일이 하나하나 예쁘게 닦여 있고, 그 옆에는 꽃송이를 작은 다발로 묶어 파는 간이 꽃집이 열렸다. 여행객이 살 만한 것은 많지 않았지만 소담하게 차려진 장터를 둘러보니 기분이 좋아졌다. 이럴 때 남편이 대뜸 꽃 한 송이를 건넨다면 설렐 텐데, "서점에 가야 하는데 두 손이 무거우면 좀 그렇잖아"라는 남편의 말에 쉽게 수긍해버렸다.

젊고 세련되고 활기찬 한낮의 아오야마. 파머스 마켓의 간이 테이블에 앉아 차를 마시는 대학생들을 흐뭇하게 지켜보던 우리는 두 번째 목적지로 향했다. '아오야마 북센터Aoyama Book Center', 일명 ABC 서점이라고 불리는 곳. 서점은 겉모습도 그렇고 내부 인테리어도 여러 모로 매우 평범했다. 이곳을 특별하게 만들어주는 건 이 서점 안을 어슬렁거렸을 하루키의 모습을 상상하는 일이다. 하루키는 어떤 분야의 서가를 제일 좋아했을까? 역시 재즈나 클래식을 다루는 음악 서적 쪽일까? 혹시 요리책을 꺼내 읽으며 소설 속 주인공이 만드는 음식 레시피를 구상하지 않았을까? 만담집을 들춰보며 유머 감각을 단련했을까? 서가를 어슬렁거리며 소설의 재료를 그러모으는 하루키라니, 상상만으로 즐겁다. 문득 옆에서 조용히 책을 구경하던 남편이 속삭였다. 사실 이런 분위기의 서점이 좋다고. 어릴 적 드나들던 서점같이 생겼다나. 하루키 역시 더하지도 모자라지도 않은 이런 평범한 분위기 때문에 이 서점을 좋아하진 않았을까. 잘은 모르겠지만.

서점은 아주 넓은 공간은 아니지만 구석구석, 그러니까 기둥까지 모두 책을 전시하는 데 활용해 책이 가득 들어찬 느낌을 주었다. 일본인의 정리력은 볼 때마다 놀랍다. 일본의 서점을 구경할 때마다 또 하나 놀라는 점은 유독 잡지가 많고 종류도 다양하다는 것이다. 패션 잡지만 해도 우리나라보다 훨씬 많은 종수가 출판되는 데다 느낌도 개성도 각기 달라 하나하나 구경하는 재미가 있다. 이곳에도 일일이 열거할 수 없을 만큼 많은 잡지가 한쪽 벽면을 모조리 채우고 있었다. 우리나라에서는 구하기 힘든 외국 잡지도 많다. 나야 다양한 외국어가 적힌 잡지들을 그저 몇 장씩 넘겨보았을 뿐이지만(빵과 애니메이션 주제만 열심히 탐독했다), 관련 분야에 관심 있는 사람이라면 무척 마음이 벅찰 것 같다. 그나저나 하루키는 어떤 잡지를 뒤적였으려나. 혹시 패션 잡지를 보며 소설 속 인물의 옷차림을 연구하지

는 않았을까. 기승전 하루키.

서점을 나오는 길, 입구에 눈에 띄게 적혀 있는 이벤트 문구가 궁금해 번역해보니 '백 명의 추천도서' 코너였다. 그 아래 적힌 문장이 마음에 들었다. '책과 만나는 계기'. 누군가 추천한 한 권의 책이 어떤 독자를 완전히 다른 세계로 건너가게 만들기도 할 것이다. 내가 하루키의 『댄스 댄스 댄스』를, 『저녁 무렵에 면도하기』를 권했던 사람들은 지금쯤 어떤 책의 세계를 건너고 있을까. 문득 궁금해졌다.

아오야마 북센터 Aoyama Book Center 오모테산도

주소 시부야구 진구마에 5-53-67 코스모스아오야마가든플로어 지하 2층
　　　渋谷区神宮前 5-53-67 コスモス青山ガーデンフロア B2F
영업시간 10:00~22:00
홈페이지 aoyamabc.co.jp

파머스 마켓 @UNU

주소 시부야구 진구마에 5-53-70 유엔대학 앞 광장
　　　渋谷区神宮前 5-53-70 国際連合大学前広場
영업시간 주말 10:00~16:00 시간은 변동될 수 있음
홈페이지 farmersmarkets.jp

마크 제이콥스의 머릿속으로

일본의 개성 넘치는 스트리트 패션을 이끄는 하라주쿠. 그냥 앞만 보고 걷는다면 금방 둘러볼 수 있는 거리지만 빔즈BEAMS, 유나이티드 애로우United Arrows 등 유명 브랜드와 편집 매장이 즐비해 하나하나 구경하다 보면 하루로도 부족할 정도다. 이 패션의 메카, 패션 1번지 하라주쿠에 서점이 있다. 패션 피플로 꽉 들어찬 패션의 거리를 입지로 택한 서점이라니. 이건 청담동 텐꼬르소꼬모와 분더샵 사이에 떡하니 서점을 연 거나 마찬가지. 패션과 서점의 조합에 처음에는 고개를 갸웃했지만, 서점 주인이 '그'라면 이야기가 달라진다. 미국 출신의 세계적인 패션 디자이너 마크 제이콥스. 그가 만든 서점 '북마크Bookmarc'

의 아시아 1호점이 하라주쿠에 있다.

패션 디자이너의 공간다운 트렌디한 서점 안에는 최신 팝 음악이 흐르고 있었다. 이곳이 '마크 제이콥스의 머릿속'을 재현했다는 서점이구나. 역시 예술과 사진, 패션과 음악 등을 다룬 책이 대부분이지만 시집과 소설, 아트북, 그림책, 예술 이론서에 이르기까지 분야를 가리지 않는다. 솔직히 외국어인 데다 예술 분야 책이 많다 보니 내가 읽을 만한 책은 많지 않았지만, 이런 나라도 흥미롭게 감상할 수 있는 앤디 워홀 작품집이라든지 수십 년 전 뉴욕 거리를 촬영한 사진집, 미국 팝 문화를 다룬 책이 눈길을 끌었다. 장소가 장소이다 보니 일본 문화와 음악을 소개하는 책도 풍부한 편이다. 유명 아티스트의 사인이 담긴 책과 구하기 힘든 빈티지 서적도 전시하고 있어 마크 제이콥스의 팬이 아니어도 패션계에 관심 있다면 한 번쯤 들여다볼 만하다.

서점에는 책 말고도 브랜드 로고가 그려진 작은 노트와 필기구, 가방 등의 문구류와 휴대전화 액세서리, 티셔츠 등도 많았다. 이런저런 굿즈를 구경하며 남편에게 "나도 대학생 때 많이 샀었는데" 하고 말하니 학생 때 이렇게 비싼 브랜드 물건을 썼느냐고 놀란다. 몇만 원대의 가격표를 보여줬더니 생각보다 비싸지 않다며 또 놀란다. 마크 제이콥스는 화려하고 눈에 띄면서도 다른 하이패션 브랜드에 비해 실용적인 느낌이다. 패션 쪽으로 조예가 없어 그 이상은 잘 모르겠지만.

미국패션디자이너협회CFDA에서 주관하는 '올해 최고의 여성복 디자이너' 상을 비롯해 남성복과 액세서리 등 모든 분야의 상을 휩쓸며 '천재'로 군림하고 있는 마크 제이콥스. 그는 화려한 개인사로도 유명한데, 여러 연인과의 연애로 가십에 오르거나 마약으로 논란을 일으키는가 하면 본인이 만든 향수의 모델이 되어 누드를 공개하기도 했다. 그의 불테리어종 반려견조차 인스타그램에서 수십만 명의 팔로워를 거느리고 있을 정도. 패션계에서 활발히 활동하는 그가 뭐 하러 서점까지 냈을까 싶었는데, 그가 서점을 낸 계기는 이렇다.

2010년에 뉴욕 맨해튼 그리니치빌리지에서 수십 년 동안 영업해온 한 서점이 폐점 위기를 맞게 되었다는 소식이 퍼졌다. 오프라인 서점의 위기는 한국과 일본뿐 아니라 전 지구적 현상인가 보다. 아무튼 이를 안타깝게 여긴 마크 제이콥스가 서점을 인수했고, 서점을 론칭하게 된 것이다. 정말로 사라져가는 오래된 서점에 대한 안타까움이 인수의 가장 큰 이유였는지는 잘은 모르겠지만. 예전부터 세컨드 브랜드인 마크 바이 마크제이콥스 매장에서 디자이너가 엄선한 책을 함께 소개해왔다고 하니, 책에 관심이 많았던 것은 확실한 듯하다.

여담이지만 미국 드라마 〈섹스 앤 더 시티〉에 등장해 컵케이크로 유명해진 '매그놀리아 베이커리Magnolia Bakery'가 뉴욕 북마크 근처에 있는데, 마침 일본의 북마크 근처에도 같은 가게가 생겼다. 책과 스위츠의 조합은 역시 정답인 걸까.

요즘은 셀럽이 책방을 여는 경우가 종종 있지만, 세계적인 디자이너가 직접 자신에게 영감을 불러일으킨 책을 모으고, 소개하고, 또 팔기 위해 책방을 연 경우는 극히 드물지 싶다. 서가를 들여다보고 있으면 얼핏 마크 제이콥스의 서재를 구경하는 느낌이 들기도 한다. 꼭 출판업계 전문가이거나 책과 관계된 일을 하던 사람이어야만 책방을 낼 수 있는 건 아니라는 생각도 든다. 북마크가 내게 준 가장 큰 힌트랄까.

책방을 열고 싶다는 생각이 커질 무렵, 내가 무슨 책의 고수도 아니고 자격이 되나 싶어 고민을 정말 많이 했었다. 그러나 북마크에 머물던 시간을 떠올리며, 나에게 영감을 준 책으로 서가를 꾸미면 그걸로도 좋겠다는 생각에 용기를 냈다. 이 세상 한 사람 한 사람이 각자 머릿속에 지은 책방은 어떤 모습일

까. 나는 머릿속으로만 꿈꾸던 책방을 현실로 옮겨놓기로 마음
먹었고, 2017년 가을, 작은 책방을 열었다.

북마크 Bookmarc

주소 시부야구 진구마에 4-26-14
　　　渋谷区神宮前 4-26-14
영업시간 11:00~20:00
홈페이지 marcjacobs.jp/bookmarc

이토록 화려한 서점이라니

　요리조리 찍어봤지만 카메라 앵글에 담을 수조차 없는 거대한 쇼핑몰 앞에 섰다. 2017년 4월에 문을 연 긴자식스. 최근 부활을 꿈꾸는 일본 경제의 상징으로 여겨지는 탓에 개업 기념식에는 아베 총리가 직접 찾아 축사를 하기도 했다. 민간 기업의 쇼핑몰 개업식에 정부 수장이 나선다는 것은 이례적인 일인지라 뉴스를 인상 깊게 보았던 기억이 났다. 하지만 그보다 더 놀라웠던 건 이 건물 맨 위층, 그러니까 펜트하우스 격인 6층 전체를 통으로 서점이 차지하고 있다는 정보였다. 츠타야 서점이 무려 700평 규모로 입점한 것이다.

　긴자식스는 'LIFE at it's BEST'를 모토로 고객의 라이프스타일을 선도하며 쇼핑을 넘어 새로운 문화를 만들어가겠다는 포부를 밝혔다. 그런 긴자식스에서 건물 한 층을 내주었다면 자신들의 포부를 실현하는 데 서점이 중요한 역할을 한다는 의미일 터. 그래서 직접 가보고 싶었다. '지하 2층에 가면 일본 첨단의 스위츠를 맛볼 수 있다'는 고급 정보를 입수했기도 하고.

서점에 들어서니 화려하고 세련된 차림의 사람들이 눈에 띄었다. 서가 규모와 책의 양도 어마어마하다. 무려 6만 권이 넘게 진열되어 있는 책장과 곳곳에 마련된 테이블마다 사람이 가득해 앉을 자리를 찾기 위해 한참을 서성여야 했다.

츠타야의 철학이 반영된 이곳 역시 단순히 책을 판매하는 공간이 아닌 고객에게 라이프스타일을 제안하는 서점이다. 쇼핑몰 내 서점이라는 입지의 특색을 고려한 것인지, 전 세계의 유명 아트북 출판사와 협업하여 수만 권의 예술 분야 도서로 꾸민 서가가 인상 깊었다. 이곳의 제안은 '패셔너블'하다는 느낌을 준다. 서점 안으로 깊숙이 들어갈수록 마치 미술관을 거니는 듯한 기분이 들었다. 예술 서적 옆에 관련 작품이 놓여 있기도 했다. 일본 전통 판화와 일본도 모형, 전통 미술품을 하나하나 둘러보았다. 한 권에 수십 킬로그램이 나간다는 대형 도서, 일명 '빅북big book' 수십 권을 구경하기도 했다. 커다란 사진집을 넘겨 볼 수 있도록 면장갑을 빌려준다.

일본에서는 다양한 서점이 등장하고 문화 산업이 성장하면서 독서와 즐거움을 결합한 '리딩 엔터테인먼트reading entertainment'라는 용어가 생긴 지 오래다. 패션 매장을 구경하던 손님들은 6층으로 올라와 책을 열심히 만져보고 들춰보고 자리에 가져가서 읽기도 하고, 책 내용을 두고 대화를 나누며 트렌드를 공유한다. 책이 트렌드의 선두에 선다는 건 설레는 일이다. 남편과 나도 몇 권의 사진집을 골라 함께 보았다. 책을 읽다 고개를 드니 내 머리 위 조명들이 백화점 명품 매장에 온 듯 반짝이고 있었다. 이토록 화려한 서점이라니.

아차, 잊을 뻔했던 지하 2층도 가보았다. 160년 역사의 녹차 가게와 130년 역사의 도시락 가게 등 일본 전통 가게도 두루 있고, 한국에는 아직 들어오지 않은 유럽의 유명 제과점 브랜드도 많아 심장이 두근거렸다. 마들렌과 휘낭시에로 유명한 필리프 콩티치니philippe Conticini며 프랑스 고급 베이커리 장프랑수아즈Jean-Francois 등 유럽 빵집은 물론 꿀 전문점, 푸딩과 비스킷 전문점 등등 고르는 것이 괴로울 지경이다(전부 사기엔 꽤 비싸다). 그러나 나에겐 역시 빵이지요. 갓 구운 크루아상 하나를 샀다.

초록 식물로 꾸며진 긴자식스 옥상정원에 오르면 잠시 휴식을 취하며 빵을 먹을 수도 있다. 화려한 조명에 둘러싸여 있다가 잠시 눈을 쉬어갈 수 있으니 너무나 좋다. 백화점에서 쇼핑을, 6층 서점에서 지적 만족감을, 게다가 배까지 채우고 나서는 식물과 함께 휴식을. 쳇, 긴자식스는 다 가진 친구 같은 느낌이다.

긴자 츠타야 서점 銀座 蔦屋書店
_____

주소 주오구 긴자 6-10-1 긴자식스 6층
　　　中央区銀座 6-10-1 GINZA SIX 6F
영업시간 9:00~23:30

밥 냄새 솔솔 풍기는 사진집 식당

늦은 단풍으로 물든 거리를 단둘이 독차지하고 걸었다. 참으로 행복한 산책길 끝에 도착한 곳은 소박한 가정식을 파는 사진집 식당 '메구타마ﾒ〈ﾀﾏ'. 문을 열자 따뜻한 밥 내음이 물씬 풍겨온다. 그리고 눈에 들어온 것은 한쪽 벽을 가득 채운 책장. 밥 냄새가 아니었다면 식당에 온 것인지 책방에 온 것인지 헷갈렸을 법한 풍경이다. 이곳에서는 따뜻한 가정식 백반을 먹으며 책장에 꽂힌 5천여 권의 사진집을 마음껏 꺼내 볼 수 있다.

식당에 왔으니 일단 밥부터 주문해야지. 메뉴는 간단하다. 메구타마 점심 정식. 이내 우리 앞에 김이 모락모락 나는 한 상차림이 놓였다. 채소 절임, 살짝 익힌 회와 버섯, 생선과 고기 조금, 감자와 샐러드, 간장으로 소소하게 간한 반찬들, 부담 없는 반찬이지만 하나하나 다 맛있다. 굳이 설명하지 않아도 좋은 재료로 자극적이지 않게 만들었구나 느낄 수 있다. 그냥 하얀 무, 콩, 두부 반찬이 이렇게 맛있다니. 그리고 무엇보다 밥이 맛있다.

식사를 하며 틈틈이 메뉴판을 읽었다. 추가 주문을 하려는 건 아니었고 이 식당에 관한 소개 글이 영어로 상세히 적혀 있어서였다. 식당을 가득 채운 서가의 주인은 30년간 사진 평론가로 활동한 이자와 고타로 씨라고 한다. 자신이 모은 사진집을 소장하기보다는 여러 사람과 함께 보는 것이 더 의미 있다는 생각으로 이 공간을 만들었다고 하는데, 책을 공유하는 공간으로 밥 짓는 식당을 선택했다는 점이 흥미롭다.

사진집을 담당하는 이자와 고타로 씨 외에 '엄마의 밥'을 담당하는 오카도 메구미코 씨, 식당의 이벤트를 담당하는 도키타마 씨가 합류해 지금의 메구타마가 만들어졌다. 서가에 꽂힌 사진집은 연도와 종류별로 정리되어 있으며, 자유롭게 가져가서 볼 수 있지만 책을 뺀 자리에 색깔 있는 아크릴 판을 대신 꽂아두고 다 읽은 뒤 원래 자리에 반납해 뒤섞이지 않도록 해달라는 설명도 적혀 있다.

밥을 먹고 신뢰감이 듬뿍 상승해서 디저트를 추가로 주문했다. 아이스크림 위에 말차 젤리와 최근 먹어본 것 중 단연코 최고였던 팥을 곁들인 달달한 한 그릇. 참고로 내가 생각하는 맛있는 팥의 기준은 알이 으깨지지 않고 탱글탱글하며 혀가 오그라들게 달지 않으면서도 달콤하고(?) 팥의 향이 잘 살아 있는 것. 딱 그 맛이었다. 아이스크림을 별로 좋아하지 않는 편이라는 말이 민망하게 나 혼자 한 그릇을 비웠다.

디저트를 먹으며 메뉴판을 마저 읽었다. 이곳은 참 다양한 일을 하는 식당이다. 식당 운영과 사진집 관리, 사진·예술 관련 전시 및 이벤트 외에 다양한 참여 활동에도 적극적이다. 히말라야에 있는 학교를 후원하고, 식재료의 합성 물질 첨가와 세제 사용을 반대하고, 지적장애인을 고용하는 회사인 니혼 리카가쿠Nihon Rikagaku Industry에서 만든 칠판 마커로 화장실 칠판에 아티스트들이 매달 그림을 그린다. 갓 지은 밥과 정갈한 반찬도 너무나 맛있고 말차 젤리 아이스크림만으로 엄지 두 개를 들어도 모자란데 이런 의미 있는 활동까지 하다니. 이곳을 지인에게 추천하고 싶은 이유가 계속 늘어나고 있다.

사진집 식당에서 밥을 맛보았으니 이제는 서가를 둘러볼 차례. 사진이라고 하면 어릴 적에는 똑딱이 디지털카메라를 들고 다녔고 지금은 스마트폰 카메라로 찍는 게 전부인 나. 그래도 책이 워낙 많으니 사진을 잘 모르는 나 같은 손님도 주눅 들지 않고 자유롭게 서가를 구경하다 마음에 드는 사진집을 골라 읽을 수 있다. 5천여 권의 사진집이 주제별로 세세하게 분류되어 있다기보다는 사진 평론가인 주인의 취향대로, 시대별로 차곡차곡 모아진 느낌이 들었다. 세계 각국의 도시 풍경, 장엄한 대자연, 평범한 사람을 찍은 인물 사진과 프로 모델이 포즈를 취한 패션 사진, 동물과 식물, 건물에 이르기까지 이렇게 다양하고 방대한 사진집을 두루두루 접한 것은 처음이라 눈을 부지런히 움직였다. 디저트를 먹으며 남편은 『시바견 모음집』을, 나는 각종 도시 사진집을 좀 들춰 보는 척하다가 누드집을 보았음을 고백합니다. 사람의 몸은 참 아름답다!

　식사를 마치고 왔던 길을 되짚어 걷는 사이에 어둠이 내려앉았다. 그냥 돌아가기 아쉬워 근처 에비스 가든 플레이스에 들러 일루미네이션을 보기로 했다. 매년 겨울이면 많은 연인이 찾는 데이트 코스라고. 신나게 사진을 찍고 있는 여학생 무리와 다정한 연인들, 도란도란한 가족들 틈에 끼어 마음껏 트리를 구경했다. 여기에서라면 아무도 우리를 못 알아볼 테니까.

이날 우리는 지금까지 여행하며 가장 많은 커플을 보았다. 여러 커플이 사진을 찍어달라고 부탁하기도 했다. 우리 역시 한 커플에게 사진을 부탁했다. 먼 훗날 이날 찍은 사진을 보며 우린 어떤 대화를 나누게 될까.

"당신 기억 나? 근처 식당에서 밥 먹으면서 시바견 사진을 보고 이곳까지 걸어왔잖아. 우리 참 젊고 예뻤지."

"그래, 당신이 누드집을 뚫어져라 보던 모습도 귀여웠어."

뭐 이런 이야기를 나누려나. 한국에서 데이트할 때는 이렇게 많은 사람이 몰리는 장소에 가본 적이 없다. 그러니 이 순간을 특별히 기억할 수밖에. 밤을 수놓은 수많은 불빛이 낭만적인 밤이었다.

사진집 식당 메구타마 写真集食堂 めぐたま

주소 시부야구 히가시 3-2-7
渋谷区東 3-2-7
영업시간 평일 11:30~23:00 / 주말 12:00~22:00 / 월 휴무
홈페이지 megutama.com

에비스 가든 플레이스 YEBISU GARDEN PLACE

주소 시부야구 에비스 4-20

渋谷区恵比寿 4-20

홈페이지 gardenplace.jp

겨울밤 벚꽃길 산책

한때 MBC 여의도 방송국에서 일하며 벚꽃이 필 무렵이면 낮이고 밤이고 맘껏 연분홍빛 꽃잎이 날리는 하늘과 거리 풍경을 즐기곤 했다. 벚꽃이 흩날리는 모습을 꼭 한번 남편(당시 남자친구)과 함께 보고 싶었다. 하지만 벚꽃 철에 여의나루역 근처에 같이 간다는 것은 공개연애 선언이나 다름없는 행위. 고민하다가 늦은 밤에 벚꽃 데이트를 감행했다. 그러나 예상과 달리 야심한 시각에도 여전히 바글바글한 인파에 놀란 우리는 모자를 푹 눌러쓰고 앞뒤 좌우 눈치를 살피며 벚꽃길을 후다닥 내달렸다. 스치듯이 눈에 담았던 그 순간의 벚꽃도 참 예뻤다. 팔을 뻗어 인증 샷을 찍고 싶었지만 혹시라도 누가 볼까 봐 겁이 났다. 그가 재빨리 움직이며, 걸어가는 내 뒤통수를 꽃과 함께 찍어주었을 뿐이다. 그러고 보니 참 박진감 넘치게 연애를 했다. 어디든 마음껏 함께 갈 수 있는 지금에 와서 생각하니 그 시절에는 어떻게 그런 연애를 했나 싶다.

일본을 자주 찾았지만 벚꽃 필 무렵에 와본 기억은 없다. 꽃놀이 철에는 항상 비행기 값도 비싸고 숙소를 구하기도 어려운데다 어딜 가든 관광객으로 넘실거릴 게 틀림없으니 별로 내키지 않았다. 한 달만 기다리면 우리나라에도 꽃이 필 텐데 굳이 일본까지 벚꽃을 보러 갈 필요가 있나 싶기도 했다. 경남 통영이나 진해에서 보는 꽃만큼 예쁠 것 같지도 않고. 그런 까닭에 도쿄의 대표 벚꽃 명소인 메구로강변에도 이제야 와보았다. 그것도 한겨울, 인적마저 드문 밤에. 봄이면 800여 그루의 벚꽃나무가 활짝 꽃을 피워 4킬로미터에 이르는 긴 벚꽃 터널을 만든다는 메구로강변이지만 지금은 스산하기 그지없다. "그래도 밤의 강가를 단둘이 걸으니 좋구먼." 일부러 큰 소리로 말하며 남편과 손을 잡고 걸었다.

남편은 걸음이 굉장히 빠르다. 한 예능에서 남편과 나의 걷는 속도가 너무 차이가 나서 산책하며 옥신각신하는 모습이 방송된 적 있는데, 사실은 그 방송보다도 훨씬 빠르다. 보통 함께 산책을 하면 자기 딴에는 내 걸음에 맞춘다고 열 걸음쯤 천천히 걷고는 "지금 내 걷는 속도 어때?" 연신 묻는다. 괜찮다고 하면 좋아하다가도 길을 좀 헤매거나 배가 고파진다 싶으면 여지없이 경보를 시작한다. 자기도 모르게 그렇게 되는 것이니 웃기기도 하고, 따라잡기 벅찰 때는 무릎 나가겠다며 짜증도 낸다. 언제쯤 우리의 걷는 속도가 비슷해질까.

남편 걸음이 빠른 건 성격 탓이다. 밥도 빨리 먹고 걸음도 빨리 걷고 책도 빨리 읽는다. 어릴 적에는 수학 문제도 빨리 풀었단다. 그래서인지 평소에도 대부분의 문제를 시원시원하게 해결하지만, 일이 잘 안 풀린다 싶으면 마음이 급해져 휘청거리기도 한다. 나는 종종 그런 남편을 멈춰 세운다. "그렇게까지 급히 하려고 하지 않아도 돼." 반대로 한 가지 문제를 골똘히 생각하다 급기야 나무늘보가 되어 멍하니 있는 나를 "뭐가 문젠데?"라는 질문으로 깨워 현실로 끌어올려 주는 건 남편이다. 다급히 빨라지는 걸음을 멈추게 하고, 멈춰버릴 듯한 걸음을 다시 떼게 만드는 우리의 속도.

함께 보조를 맞추며 느릿느릿 산책길을 걷다 커다란 짖소 모형을 발견했다. 바로 우리가 찾아온 목적지의 마스코트. 만화 〈플란다스의 개〉에서 네로가 옮기던 스테인리스 우유 통을 닮은 은빛 외관 덕분에 얼핏 우유나 유제품 관련 디저트 가게처럼 보이기도 한다. 하지만 이곳은 '카우북스COW BOOKS'라는 이름을 가진 헌책방이다. 밖에 내놓은 책장에도 헌책이 가지런히 정리되어 있다.

동그란 눈을 끔뻑이는 귀여운 젖소. 어릴 적에 내 눈을 보고 다들 소 눈 같다고들 했었는데. 어쩌면 애가 표정이며 행동이 느려서 그랬는지도 모르겠다. 이곳 역시 느릿느릿한 소처럼 '쉬어가는 서점'이라는 의미에서 이름을 붙였다고 한다. 늦은 시간이라 그런지 손님은 많지 않았다. 매장 한가운데 기다란 테이블이 놓여 있고 양쪽 서가에 빽빽이 책이 들어찬 작지만 알찬 서점이다. 좁은 방 한 칸과 테이블 하나가 전부지만, 헌책으로 가득한 작은 공간에서 책을 읽는 건 또 다른 편안함을 준다. 가게가 좁아서 서점 안에 있는 사람들끼리 민망하게 자꾸 눈이 마주칠 위험성이 있기는 하지만. 그래서인지 카운터 직원도 들어오는 손님에게 눈을 맞추거나 말을 거는 등 손님이 불편해할 만한 행동은 피하는 듯했다.

서가를 천천히 둘러보며 눈에 들어오는 책을 꺼내 보았다가

언제쯤 우리의 걷는 속도가 비슷해질까.

다급히 빨라지는 걸음을 멈추게 하고,

멈춰버릴 듯한 걸음을

다시 떼게 만드는 우리의 속도.

다시 꽂기를 반복했다. 1960~1970년대에 발간된 책과 출판물이 주류를 이루고 있었다. 한 분야를 파기보다는 60, 70년대의 문학과 수필, 잡지, 사진집, 만화책, 아동 서적 등을 가리지 않고 수집한 듯하다. 분야 중심이 아니라 시대 중심으로 구성된 독특한 서가는 처음이라 흥미로웠다. 서점 전체가 한 시대를 증언하고 있는 셈이니까. 이곳은 약 2천 권의 책을 보유하고 있는데, 도쿄의 내로라하는 도서 수집가와 서점 덕후에게도 인정받는 컬렉션이라고 한다. 절판된 책이 상당하기 때문에 가격은 책에 인쇄된 가격보다 비싸다. 한쪽 벽에 웬 냉장고 같은 것이 있어서 보니, 유명 작가의 초판본이나 귀중한 물건을 모아둔 유리 진열장이었다. 그 안에 놓인 것들은 조금 더 비싸다.

젖소 마스코트와 서점 로고를 요모조모 활용한 자체 굿즈도 종류가 상당할 뿐 아니라 하나하나 예뻤다. 가장 마음에 들었던 건 연필. 'EVERYTHING FOR THE FREEDOM'이라는 메시지가 새겨져 있다. 나중에 홈페이지에 들어가 보니 책꽂이부터 북엔드, 바퀴 달린 북카트, 나무 상자, 에이프런, 쿠션, 트레이, 거기에 한참을 들여다봐도 용도를 짐작하기 어려운 물건들까지 잔뜩 판매하고 있었다.

책방 오픈 기념으로 에코백을 제작하면서 디자인 의뢰부터

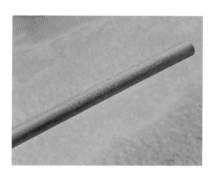

원단 고르기, 제작 공정에 이르기까지 하나하나 챙기느라 너무 힘들었던 경험이 떠올랐다. 고작 천가방 하나를 만드는 데도 그렇게나 고생했는데, 이 정도로 다양한 굿즈를 만들기 위해 얼마나 정성을 들였을지 짐작이 갔다. 별거 아닌 듯 보이는 연필과 에코백에도 이렇듯 섬세하게 서점의 무드를 불어넣은 것을 보면.

천천히 서가를 구경하고 서로 사이좋게 한 권씩 골라 나란히 테이블에 앉았다. 나는 일본어 까막눈이니 1970년대 일본 풍경이 담긴 사진집을, 남편은 『신비한 나라의 앨리스』를 골랐다. 간단한 커피 메뉴가 준비되어 있어 주문했더니 귀여운 과자 한 조각과 초코볼을 함께 준다. 별거 아닌데 왜 이렇게 귀엽지. 커피는 남편이, 과자는 내가 다 먹었다. 작은 서점은 비좁기도 하고 점원 눈에 확 띄기 때문에 들어가기 부담스러워 하는 경우도 많은데, 내가 뻔뻔해서 그런지 몰라도 작은 서점은 작은 공간이라서 더 아늑하고 편안하다. 모르는 사람들과 테이블에 옹기종기 앉아 책을 읽을 때 의외로 집중이 잘 되기도 한다. 우리 책방에 놓은 테이블에도 손님들이 나란히 붙어 앉아 독서에 열중할 때가 있는데, 내 눈에는 그 모습이 제일 예쁘다.

한참 책을 읽다가 고개를 들어 서점 천장을 빙 두른 전광판을 바라보았다. 책을 주제로 한 영어 메시지가 천장을 타고 흐르고 있었다. 헌책방에 전광판이라니, 어쩐지 굉장한 믹스 매치다. 'Books have given me a life to live.' 남편은 예전에 『성문종합영어』 책에서 많이 본, 너무 번역체 영어 아니냐고 놀렸지만. 뭐 어때!

카우북스COW BOOKS

주소 메구로구 아오바다이 1-14-11
目黒区青葉台 1-14-11
영업시간 12:00~20:00 / 월 휴무
홈페이지 cowbooks.jp

BOOKS

HOCKNEY
HOCKNEY

2。 　 　 책 방 을　 한 다 는　 것

작은 책방의 쓸모

서점에 방문해서 가장 먼저 하는 일은 입구에 놓인 평대와 메인 책장을 훑어보는 것이다. 입구에 놓인 책은 서점의 얼굴이다. 이 서점은 손님들이 가장 많이 보는 장소에 어떤 책을 두었을까. 참고서인지, 잡지인지, 가장 핫한 작가의 신간인지, 계절과 유행을 타는 주제의 책인지, 서점에서 여는 행사와 관련된 책인지, 혹은 돈을 받고 광고를 위해 꾸민 매대인지 꼼꼼히 들여다보면 서점이 가진 색깔을 알 수 있다. 잘 보이는 곳뿐 아니라 그 주변도 봐야 한다. 어떻게 전체 코너를 배열했는지, 어떤 분야에 힘을 주었고 각 분야마다 어떤 소주제를 붙였는지 등을 살피며 이 서점을 찾는 손님은 어떤 사람일까 상상해본다.

그러다 걸음을 멈추고 한 권의 책을 꺼내 드는 '발견'이 이루어지기도 한다. 서가를 채운 사람과 나 사이에 통하는 전류를 느낄 때다. 이를테면 좋아하는 작가의 읽어본 적 없는 소설을 발견하거나, 평소 관심 있던 분야에서 흥미로운 신간을 발견하는 것. 내 취향과 맞닿은 서가를 만나면 신이 난다. 한번은 '사랑'에 관한 책을 모아둔 코너에서 시도니가브리엘 콜레트의 『여명』을 발견하고는 속으로 엄청 반가워했다. 그렇지, 꼭 불타오르는 것만이 사랑은 아니지. 다 둘러보고 나서는 뭘 좀 아는 서점이라며 철저히 자기중심적인 평가를 내렸다.

직접 서점 업계에 뛰어들고 보니, 책을 판매해서 벌어들일 수 있는 돈은 턱없이 적었다. 책 한 권을 팔았을 때 오프라인 서점의 이익률은 크게 잡아도 20퍼센트 남짓이다. 1만 5천 원짜리 책을 정가에 판매하면 수익이 3천 원인 셈. 그럼 백 권은 팔아야 30만 원을 버는 것인데 임대료를 내기에도 벅차다. 다른 업종에 비해 마진이 낮은 편인 서점을 운영하면서 책방지기의 취향만으로 서가를 구성하기란 쉽지 않다. 대형 서점에서 잘 팔리는 책도 체크해야 하고, 손님이 원하는 책도 구해놓아야 한다. 하지만 동네 서점일수록 어떤 책을 손님에게 권할 것인지 결정하는 일이 '장사'를 넘어(물론 장사도 중요하다. 엄청) 서점의 정체성을 그려내는 핵심적인 요소이기도 하다.

대형 서점에서는 매일 입고되는 수많은 책 가운데 잘 팔릴 만한 책과 주요 작가의 작품을 잘 보이는 곳에 진열한다. 안 팔리는 책은 순식간에 구석 자리로 밀려난다. 어차피 그 책이 필요한 사람은 도서 검색대를 이용해 알아서 찾을 테니까. 하지만 나처럼 작은 책방을 운영하는 경우에는 재고 부담을 떠안으며 모든 책을 비치할 수도 없거니와 출간되는 족족 모든 신간을 사들일 자본도 없다. 수익을 생각하면 잘 팔리는 책을 잘 보이게 두어야겠지만, 잘 팔리는 책은 대형 서점에서도 손쉽게 구할 수 있으니 경쟁이 안 된다. 역시 '나'를 중심으로 서가를 구성할 수밖에 없다.

특별한 기대감을 안고 작은 책방을 방문하는 이들에게 우리 책방이기에 '발견'되는 책들을 소개해야 한다. 그렇다고 오롯이 내 취향으로만 승부한다면? 첫째로 내가 잘 팔리는 책과 안 팔리는 책을 골고루 좋아한다는 점이 걸린다. 둘째로 책을 좋아하지 않는 사람도 유혹해보겠다는 나의 야심찬 포부에 제동이 걸린다. 그렇다면 잘 팔리는 책과 서점의 정체성을 드러낼 수 있는 책이 적절히 조화를 이루어야 하는데, 그 고민은 곧 북큐레이션으로 이어진다.

당인리 책발전소 BEST 10
(2018 1/9 ~ 2018 1/15)

1. 개인주의자 선언 ⬆
2. 오늘의 인생
3. 우리가 녹는 온도
4. 82년생 김지영
5. 처음부터 엄마는 아니었어 ⬆
6. 신경끄기의 기술
7. 취향을 설계하듯, 츠타야 NEW
8. 언어의 온도 ⬆
9. 무엇이 되지 않더라도
10. 혼자 잘해주고 상처받지마라
- -
11. 바깥은 여름 NEW
12. 사람아 아, 사람아
13. 인간실격

책방의 정체성과 매출 확보 사이에서 균형을 찾기 위한 나의 노력(발버둥)은 계속되고 있다. 사든 말든, 월세가 밀리든 말든 배짱 있게 버틸 수도 있겠지만 나는 그런 성격이 못 된다. 우리 책방만의 베스트셀러 차트를 만든 것도 그런 고민에서 출발했다. 처음에는 '좋은 책은 판매량 순이 아니잖아요'라는 마음으로 일부러 판매량을 집계하지 않았다. 그런데 서점에서 손님들이 많이 찾는 책을 들여다보니, 책방이 어떤 방향으로 움직이는지가 보였다. 어떤 책이 가장 인기가 좋은지 물어보는 손님이 너무 많아 매번 같은 대답을 반복하기도 힘들었다. 매주 베스트셀러를 집계해 벽보를 붙이자 한눈에 서점의 색깔을 알 수 있어 좋다는 평이 많았다. 그러다가 재미있는 일이 생겼다.

우리 책방의 베스트셀러를 만들고 SNS를 통해 홍보한 지 몇 주 안 되어, 이 소박한 벽보가 대형 인터넷 서점의 판매량 순위에 영향을 미치기 시작했다. 처음 보는 책인데 동네 책방에서 판매 1위라고? 신기하다는 반응을 보이며 관심을 가지는 사람들이 생겼고, 우리 책방까지 오지는 못하니 인터넷 서점에서라도 구매해 읽은 사람들을 통해 좋은 책이라는 입소문이 났다. 급기야는 몇 년 전에 나온 책이 뒤늦게 역주행을 하며 대형 인터넷 서점의 분야 베스트셀러 1위에 오르는 쾌거마저 이루었다. 처음에는 우연이겠지 싶었는데, 해당 책의 작가와 출판사에서 우리 책방의 차트가 공개되는 날마다 판매량이 수직 상승했다고 말하니 놀라울 뿐이었다.

인터넷 서점에서 1위한 것을 좋아해야 하는 건가? 내가 추천한 책을 우리 책방에서 사지 않았다는 뜻이기도 한데. 그렇지만 출간 당시부터 조용히 응원해온 책이 우리 책방으로부터 시작해 다시금 사랑받게 되었다는 사실이 너무나 기분 좋았다. 책방을 통해 나의 취향이 확성기를 달고 퍼진다는 생각에 뭉클했고, 한편으로는 조금 무서운 마음도 들었다. 또 다른 책은 우리 책방 베스트셀러에 오르자 중쇄를 결정하기도 했다. 중쇄본 띠지에 '당인리 책발전소 추천도서'라는 말을 얹어도 되겠느냐는 제안을 처음 들었을 때는 정말 얼떨떨했다. 작은 책방에서도 할 수 있는 일이 있구나.

책방 주인이 되고서야 나는 '아픈 손가락'이라는 말의 의미를 깨달았다. 판매량 순위에서 소외되거나 정말 좋은 책인데 여전히 인기 없는 책에는 더욱 애틋함이 샘솟는다. 그래서 책 표지마다 '초반만 견디면 진짜 재밌음' '제목은 좀 그렇지만 내용은 안 그래요.' '이 책 읽고 우리 남편 울었음' '왜 안 사지? 완전 웃긴데!' 같은 편애하는 마음을 담뿍 담은 쪽지를 붙이기 시

작했다. 누구나 할 수 있는 평범한 한마디였지만, 사람들은 실소를 터트리며 책을 집어 들었다. 별생각 없이 한 일이었는데 나중에는 쪽지가 화제가 되면서 삐뚤빼뚤한 손글씨 메모를 가져가도 되냐고 조르는 손님도 생겼다.

동네 책방이 좋은 건 무슨 일을 벌여도 과장님 부장님 결재가 필요 없다는 점이다. 엄선된 카피가 아니라도, 공들여 만든 인쇄 광고물이 아니라도, 포스트잇을 활용한 어설픈 시도라도 괜찮다. 책방 주인의 개성이 듬뿍 묻어나는 북 큐레이션과 함께라면.

고르는 일이 뭐라고

책을 고르고 서가 구성을 고민하다가 벽에 부딪힐 때면 '사부님'께 도움을 구한다. "그가 책을 진열하면 책장이 빛나기 시작한다"는 평가를 받는 일본의 유명 북 큐레이터 하바 요시타카. 그는 자신을 '책장을 편집하는 사람'이라고 소개한다. 북 큐레이터라는 직업이 생소했던 나로서는 처음에는 '우와, 책을 정말 많이 읽는 사람인가 보다' 하고 말았다. 그러다 그가 쓴 『책 따위 안 읽어도 좋지만』(책 제목도 맘에 든다)을 읽고, 또 그의 인터뷰를 접하며 그를 내 마음대로 사부님으로 모시기로 결심했다.

하바가 책장 편집 작업을 맡았던 공간은 실로 다양하다. 서점과 북카페부터 시작해 가구점, 공항, 미술관, 의류 편집 매장, 호텔, 학원, 병원, 은행, 백화점, 플라워숍, 유기농 식품 편집 매장, 기업 연수 시설, 스포츠용품점, 대기업 연구소, 생활협동조합, 전자책 스토어에 이르기까지. 이 정도면 "내 직업은 북 큐레이터다!"라고 당당히 말해도 될 만큼 대단한 작업량 아닌가. 서점이 아닌 곳에 이처럼 다양한 책 수요가 존재한다는 사실에도 놀랐다. 하지만 동시에 한 가지 의문이 들었다. 공항, 미술관, 백화점, 대기업 등에서 근무하는 사람들 중에는 책을 좋아하거나 잘 안다고 할 만한 사람이 한 명도 없었을까? 비용을 지불해가며 회사 바깥의 인물에게 책을 골라달라고 의뢰하는 것이 어떤 의미인지 궁금해졌다.

몸의 일부가 망가져 재활병원에서 치료받고 있는 이들에게는 어떤 책이 필요할까. 일단 무거운 책은 들기 어려울 것이다. 스스로 책장을 넘기지 못하는 환자도 부지기수일 테니. 작은 글자를 읽지 못하거나 지구력이 부족해 몇 쪽 넘기지 못하는 환자도 있다. 건강한 사람에게는 아무 문제가 되지 않던 것들이 재활병원에서는 하나하나가 새로운 난관이다. 치매 환자가 많은 병원이라면 또 어떨까. 어떤 사람은 치매에 걸리기 전까지는 날카로운 지성을 가진 학자였을 수도 있다. 이제 병원에 갇힌 환자의 입장이 되어버렸다고 해서 그들에게 단순히 어린이 책을 쥐어준다면, 문득 정신이 맑아졌을 때 어떤 기분이 들까. 그 책이 과연 그들에게 도움이 될까도 의문이다. 환자이기 때문에 고려해야 하는 부분도 있지만 환자라는 이유로 생기는 편견에서도 자유로워야 하는, 두 배로 어려운 문제다.

병원 책장을 편집하며 하바는 무엇보다 환자에게 무언가를 강요하는 독서와 기쁨을 주지 못하는 독서를 경계했다. 어린아이에게 독서를 위한 독서를 강요하듯이 재활을 위한 재활, 읽기 싫은 책 읽기를 강요해서는 안 되며, 환자들이 독서를 통해 기쁨을 느끼고 그로써 치료에 도움이 되는 방향이어야 한다고 믿은 것이다. 그가 직접 책을 고안하기도 했다. 환자들이 수월하게 책을 읽을 수 있도록 한 손에 들어가는 작은 카드 크기의 플립북flip book을 만들었고, 환자들 각각의 추억을 되살려줄 사진집, 유명 화가의 발상을 담은 그림 그리기 책, 짧은 문장을 읽어 내려가면서 호흡을 가다듬을 수 있는 시집, 신문 기사처럼 역사적인 사건을 소개한 뒤 "당신은 그때 몇 살이었는가" 등을 묻는 질문 책 등을 개발했다.

몸이 마비되거나 정신의 일부분이 약해진 환자들은 다시는 평소와 같은 모습으로 돌아갈 수 없다는 생각에 자포자기식 고통을 겪는다고 한다. 하바의 다양한 시도는 그런 환자들에게서 의욕을 이끌어내고, 그들에게 희망을 줄 수 있는 책을 만들자는 생각에서 나온 것이다.

하바는 병원을 '용서가 없는 현장'이었다고 표현했다. 유명 작가의 신작이라든지 내실 있는 출판사에서 펴낸 책 등 보통 사람이라면 신뢰할 만한 정보로는 어떤 호감도 이끌어낼 수 없기 때문이다. 따라서 철저히 어떤 책이 환자에게 도움이 될 수 있을 것인가에 집중해야 했다. 병원에 입원한 환자 스스로 '읽고 싶어지는 책장'을 만드는 것, 그 마음 안에는 단순히 독자를 유혹하겠다는 생각 이상의 결의가 담겨 있다.

앞으로 서점은 책임지는 자세를 확실히 보여주어야 할 것이다. 선별한 책들에 대해서는 자신이 비난받을 각오를 해야 한다고 할까. 안타깝지만 모든 사람이 재미있다고 말하는 책은 지금까지 나의 경험상 존재하지 않는다. 그러나 선별했다면 그 한 권을 진지하게 내밀어야 한다. 손님이 재미없다고 하면 미안하다고 웃으며 사과하고 다음 책을 내민다.

_ 하바 요시타카, 『책 따위 안 읽어도 좋지만』 중에서

책장이 있는 곳이 서점이든 서점이 아니든, 책장은 그 책장에 책을 꽂은 사람과 그 책장에서 책을 꺼내 든 사람 간의 끊임없는 대화다. 책장에 꽂힌 책들은 독자에게 말을 건다. 우연히 펼친 한 권의 책과 한 줄의 문장에서 누군가는 꿈을 찾고, 오래 앓던 고민을 털어내며, 혹은 그날 하루를 살아낼 힘찬 기운을 얻을 수도 있다. 그것이 "책 따위 안 읽어도 좋지만"이라고 말하는 북 큐레이터 한 명이 실로 다양한 공간을 종횡무진하며 멋진 책장을 만들어내는 원동력일 터다. 비록 사부님을 만나본 적은 없지만, 책을 통해 그의 가르침을 받은 나 역시 괜찮은 북 큐레이터가 되기 위해 오늘도 쏟아지는 신간의 바다를 헤엄치고 있다.

📖 하바 요시타카, 『책 따위 안 읽어도 좋지만』, 홍성민 옮김, 더난출판사, 2016

은행 안 도서관 탐방

책방을 내기 전에는 상상하지 못했던 일이지만, 요즘은 내게 의외의 장소에 서가를 꾸며달라는 제안이 들어오기도 한다. 아무리 책을 좋아하고 책방까지 운영하고 있다고 해도 선뜻 용기를 내기 어려운 제안이다. 아직은 서가를 직접 꾸리는 일보다는 다른 이가 꾸린 서가를 감상하고 즐기는 일에 더 익숙한 내게 남을 위한 책장을 만들어보라는 건, 마치 음악 애호가에게 직접 노래를 만들고 불러보라고 주문하는 것과 비슷한 느낌이랄까. 나의 사부 하바 요시타카도 자기소개를 할 때 "서점 비슷한 일을 합니다…"라고 자기도 모르게 조심스럽게 말하게 된다던데, 내가 감히 나서도 될까 싶다.

이제는 인터넷 검색만으로도 책의 줄거리는 물론 반전 결말까지도 알아낼 수 있는 시대다. 책을 읽지 않고 읽은 척하기도 너무 쉽다. 그러나 책을 단순히 훑어보고 진열하는 데서 그치지 않고 나의 것으로 소화한 뒤 나의 방식대로 서가를 채워갈 때, 그 서가에는 내 취향은 물론 내가 세계를 이해하는 방식까지 오롯이 담기게 된다. 솔직히 말하면 마치 일기장을 보여주는 것처럼, 혹은 성적표를 보여주는 것처럼 겁이 나는 일이다. 우리 책방의 코너 구성에는 나름 신경을 쓰고 있지만 그럼에도 서가를 유심히 살펴보는 손님이 나타나면 뜨끔할 때가 많다. 북 디렉터라는 명함을 갖는다는 것은 아직은 과분한 일로 느껴진다. 물론 조금씩 시도해봐야 깨닫고 배우는 것도 있겠지만, 나의 성장을 위한 밑거름으로 일을 덥석 맡을 수는 없다.

그리하여(?) 오늘은 염탐에 나서기로 했다. 목표물은 롯폰기에 있는 스루가은행スルガ銀行. 이 은행 안에 나의 사부인 하바가 북 큐레이션을 맡은 도서관 '디라보d-labo'가 있다는 정보를 입수했다. 이곳을 직접 염탐(아니, 견학이라고 해두자)하며 현장학습을 통해 사부의 안목을 조금이나마 흡수해보려는 기특한 마음을 품은 것이다.

디라보는 은행을 방문한 고객이 자유롭게 책을 읽거나 휴식을 취하고 상담을 받을 수 있는 공간으로, 도서관을 흉내만 낸 게 아니라 1,500여 권이 넘는 책을 선별해 소장하고 있다. 은행 도서관이라니, 어떤 책이 있으려나. 서점에서 흔히 볼 수 있는 '경제/부동산/주식' 코너에 놓인 책들이 떠올랐다. '직장인 1억 만들기' '주식 투자 이렇게만 하면 성공한다' 같은 제목이 달린 책들. 아니면 돈 많은 부자 손님이 즐길 만한 예술 관련 서적이 있을지도 모르겠다. 직접 가보니, 내 예상은 역시 너무나 단순하고 일차원적인 것이었다.

디라보 도서관의 주제는 (의외로) '꿈'이다. 고객이 독서를 통해 꿈을 발견하고 꿈을 키우고 그 꿈을 이루고자 할 때, 은행이 언제든 금전적인 도움을 줄 수 있다는 개념이다. '은행=돈'이 아니라 '은행=꿈'이라는 콘셉트를 제시해 금융 서비스가 단순히 돈을 빌리거나 불리는 활동이 아니라 꿈을 이루기 위한 수단이기도 하다는 걸 강조한 점이 신선하게 다가왔다.

하바가 직접 만든 서가에는 각 단마다 제목이 달려 있었다. 제목 아래 놓인 책들은 누렇게 바랜 헌책부터 신간 소설, 두꺼운 외서와 값비싼 아트북, 잡지, 실용서, 만화책까지 실로 다양했다. '꿈과 바캉스'라는 제목이 붙은 서가에는 다니카와 슌타

로의 시집『매일매일의 지도』와『꿈의 여행 베스트 50』등이,
'일한다는 것' 서가에는『일본인은 무엇을 위해 일해 왔는가』,
만화책『워킹 맨』등이, '자연' 코너에는 해양생물학자가 쓴 숲
생활 체험기며 일본의 아름다운 섬을 소개하는 안내서가 꽂혀
있다. 금융 관련 책도 있지만 금융이나 돈을 다루는 책이라고
해도 경제 서적으로 국한되지 않는다. 가령 화폐를 미학적인
관점에서 조명한 책이라든지 직장을 때려치우고 무일푼이 된
사람의 일기장 같은 책이 꽂혀 있는 식이다. 은행과 직접적으
로 연관된 주제로 서가를 채우는 것을 피하려고 한 노력이 느껴
졌다.

　하바는 한 잡지 인터뷰에서 은행의 책장 편집을 맡은 이유를
밝히며 "은행에 가는 것은 어쩌면 '꿈을 찾으러' 가는 게 아닐
까"라는 말을 했다. 은행 업무를 보다가 한숨을 쉬었을지 모를
고객을 위해, 그가 잊고 있던 꿈의 가능성을 일깨우거나 늘 고
민을 안겨주는 '돈'이란 진정 무엇인지를 다시금 생각해볼 수
있도록 돕겠다는 것이다.

　어디에 책이 진열되든 그곳을 찾는 이들에게 다차원적으로
제시할 수 있는 메시지를 고려하는 것이 북 큐레이션의 역할이
다. 하바는 이러한 작업을 해내기 위해 가상의 인물을 선정한

다고 한다. 그의 성격, 생활 습관, 직업, 하루의 일과 등을 상상하고 정리한다. 그가 좋아하고 관심을 가질 만한 것, 그에게 필요한 것과 도움이 될 만한 것을 생각한다. 그에게 추천할 수 있는 책은 무엇일까? 단순하고 직관적인 관련성을 넘어서기 위해 끝없이 파고든다. 책장에는 단순히 큐레이터가 좋아하는 책, 사회적으로나 개인적으로 높이 평가하는 책이 진열되는 것이 아니었다.

"도쿄에 수십 번은 와봤는데, 은행에 오게 될 줄은 몰랐네."

남편이 말했다. 내가 생각해도 이곳에 견학 오는 외국인은 우리밖에 없을 것 같다.

"그래서 더 특별하잖아. 다 내 덕분이라고."

그나저나 오늘 배운 내용을 우리 책방에 어떻게 적용하면 좋을까. 사부님이 내준 과제를 안고 돌아가는 기분이다.

책방 탐방을 마쳤으니 롯폰기에 온 김에 (내 기준) 도쿄 최고의 돈가스 집에 들르기로 했다. 롯폰기힐스 지하에서 영업하는 '부타구미 식당豚組食堂'이다. 얼핏 보고 그냥 지나치기 쉬운데, 입구 커튼에 돼지 코 모양의 상징이 그려져 있으니 돼지 코만 찾으면 된다. 가게에 들어서면 정중앙을 차지한 오픈 키친에서 돼지고기를 썰고 굽고 튀기고 자르는 모습을 볼 수 있다. 돈가스가 이렇게까지 만드는 과정을 생중계하는 음식이었나. 원한다면 주방장이 어마어마한 크기의 등심을 눈앞에서 해체하는 모습을 보면서 밥을 먹을 수도 있지만(스시도 아니고), 안쪽 테이블에 앉아 편안히 식사를 할 수도 있다.

고기를 먹기 전에 먼저 아주 얇게 썬 양상추 샐러드를 준다. 밥과 함께 무제한으로 제공되니 마음껏 즐길 수 있지만 감탄은 돈가스가 나올 때까지만이다. 노랗게 갓 튀겨진 돈가스는 척 봐도 윤기가 좔좔 흐르고 고기가 상당히 두툼한데도 굉장히 바삭하다. 한 입 베어 물면 정말 진부하지만 이 말밖에 떠오르지 않는다. 입에서 녹는다, 녹아.

사실 나는 일식이든 경양식이든 돈가스를 그리 즐겨 먹지 않는다. 어릴 적에 고기는 얇고 절은 기름 맛만 나는 싸구려 돈가스를 많이 먹어서 그런 것 같다. 하지만 이곳은 예외다. "어떻게 하면 튀김옷을 이렇게 파삭하게 만들지?"하고 나도 모르게 중얼거려버렸다. 소스도 준비되어 있지만 그냥 소금만 가볍게 찍어 고기의 맛을 음미하기를 강력히 권한다. 메뉴는 로스(등심)와 히레(안심) 두 가지뿐인데 둘 다 맛있다. 정말 아쉬운 것은 1인분의 스탠더드와 1.5인분의 더블 사이즈가 있는데 맛이

어떨지 몰라 스탠더드를 시켰다는 사실. 땅을 치고 후회했다. 아주 소식가가 아니라면 웬만하면 큰 사이즈를 주문하길. 이곳에서 돈가스를 맛본 이후 나는 돼지고기 자체를 소고기보다 더 좋아하게 되었다.

디라보 d-labo

주소 미나토구 아카사카 9-7-1 도쿄미드타운 미드타운 타워 7층
港区赤坂 9-7-1 東京ミッドタウン ミッドタウンタワー 7F
영업시간 평일 10:00~18:00

부타구미 식당 豚組食堂

주소 미나토구 롯폰기 6-2-31 롯폰기힐스 노스 타워 지하 1층
港区六本木 6-2-31 六本木ヒルズ ノースタワーB1F
영업시간 11:00~23:00

큐레이션의 감각

나는 라이프스타일 산업 발전에 영 도움이 되는 사람이 아니다. 유명한 잡화점이나 편집 매장을 둘러보아도 별 감흥이 없는 편이다. "뭐? 연필꽂이가 이 가격이라고?" "괜찮군. 근데 꼭 필요하지는 않잖아" 같은 대사가 내가 주로 내뱉는 말이다. 남편은 신혼살림을 살 때조차 시큰둥한 나를 답답해하며, 그런 식으로 따지면 이 세상에 살 게 뭐가 있냐고 외치곤 했다. 지금은 아내가 짠순이라서 좋다고 하면서. 그러나 이런 나마저도 '이곳은 진짜다' 싶은 편집 매장이 있으니, 바로 아오야마의 '시보네CIBONE'다.

시보네 매장은 대로변이기는 하지만 건물 2층에 숨어 있다.

간판도 크지 않은 데다 무채색의 프랑스어로 적혀 있어 발견하기가 쉽지 않다. 지나가다 아무나 들어오기를 바란다기보다는 이곳을 알아주는 사람이 찾아오기를 바라는 느낌이다. 그런 그들이 스스로를 소개하는 표현 중에 마음에 드는 문구가 있다. 'New Antiques, New Classics'. 새로운 골동품과 앞으로의 클래식이라니, 이 문구는 좀 많이 잘 지은 것 같다.

매장 안이 꽤 넓고 각종 제품으로 빼곡한 편이라 일일이 구경하려면 한참이 걸린다. 인간의 생활을 이루는 모든 물건을 다루는 매장이니 그럴 수밖에. 주방, 서재, 침실 가구는 물론 소규모 가전, 각종 도구들, 인테리어 소품부터 의류와 잡화에 이르기까지 다양한 물건이 모여 조화를 이루고 있다. 유럽의 감성을 담은 제품을 많이 소개하는 매장이지만 전체적으로 일본의 장인 정신이 배어 있는 느낌이다. 세계적인 아티스트와 브랜드의 제품을 일본 전통 다기와 함께 진열해놓았는데 어쩜 그리도 잘 어울리는지. 구경하다 보면 물건의 배치와 조화가 신의 한수라는 것을 느낀다. 이 좋은 물건들 가운데 하나만 골라 우리 집에 가져간다 한들 이 느낌이 나겠나 싶다. 아, 그럼 통째로 사야 하나.

여느 때라면 통째로 살 수 없으니 하나도 사지 말자고 다짐

하며 매장을 나섰겠지만, 오늘은 책을 보러 온 것이니 조금 더 머물기로 한다. 인간 생활에 필요한 모든 것을 취급하는 곳이니 당연히 책도 있다. 달콤한 향이 나는 포푸리와 향초, 촛대 장식물 옆에는 커트 보니것의 농담 섞인 산문집과『연애소설집』『나와 너』 같은 제목의 책들이 놓여 있었다. 홋, 사랑을 나눌 때 사용하라는 뜻일까. 향수 컬렉션 장식장에는『향수의 역사』『조향사의 수첩』『Rare Perfumes』가, 연필과 필기구가 놓인 선반에는 플라톤의 철학서를 포함해『공부의 철학』『창조적 파괴』『남자의 작법』 등이 진열되어 있다. 고급 식기와 개성 있는 커트러리가 놓인 식탁에서는『KATACHI(형태)』『포크의 이빨은 왜 네 개가 되었나』가 눈에 띄었다.

판매하는 제품 옆에 비슷한 주제의 책을 배치하는 일은 어쩌면 누구나 쉽게 할 수 있는 일처럼 보일지 모른다. 하지만 막상 책방을 운영해보니, 참 쉬워 보이는 그 일이 참 쉽지가 않았다. 책과 책 사이에 이야기를 만들고, 물 흐르듯 배치하는 과정마다 풍부한 상상력과 사고력이 요구된다. 만약 그저 책 제목이 그럴듯하다는 이유로 진열한다면 고객으로서는 책을 집어 들 이유가 없고, 결국 아까운 자리만 차지하게 될 뿐이다. 쓸모없이 자리만 차지하는 진열이 가게 주인에게 얼마나 큰 손해인지.

아직은 갓 걸음마를 뗀 초보 책방지기일 뿐이지만 좋은 큐레이션이란 무엇일까를 자주 생각한다. 가령 하루키의 신간 소설을 진열한다고 하자. 대부분의 서점은 그 옆에 하루키가 발표한 다른 작품들을 모아놓는다. 재고 관리하기도 쉽고, 독자가 찾기도 쉬울 거라는 판단일 것이다. 혹은 하루키 독자들이 좋아할 만한 장르나 하루키와 비슷한 느낌의 일본 작가의 소설을 두기도 한다. 여기에서부터 제안에 차이가 생긴다.

만약 하루키 소설을 정성껏 읽은 사람이 소설 속의 이야기를 진열대에 펼쳐놓는다면 어떨까. 등장인물을 분석하고, 그들의 행동과 말투를 이해하는 데 도움이 될 만한 심리학 서적을 함께 두는 것이다. 소설의 주요 모티프가 실제 역사적 상황과 배경을 바탕으로 한다면 관련 지식을 보충할 수 있는 책을 놓을 수도 있다. 혹은 책의 배경인 지역과 문화를 직접 경험하게 해줄 여행 상품을 판매할 수도 있다. 소설 속에서 주인공이 즐겨 듣는 음반과 영화를 소개하는 것도 가능하다. 이렇듯 큐레이션은 마치 마인드맵을 그리듯 하나의 동그라미에서 무궁무진한 가지를 뻗어갈 수 있다.

개인적으로는 하루키 소설을 읽을 때마다 음식 묘사에 작가의 스타일이 강하게 드러난다고 느꼈고, 읽을 때마다 왜인지 소설에 등장하는 음식을 먹고 싶다는 생각이 들었다. 그러던 어느 날, 서점에서 하루키 소설에 나온 음식 레시피를 다룬 책을 발견하고 얼마나 반가웠던지. 만약 하루키의 소설과 음식 재료까지 그 책 옆에 함께 있었다면 분명 몽땅 구매했을 것이다. 똑같은 맛을 낼 수 있을지는 장담할 수 없지만.

물론 상상만 열심히 해볼 뿐, 내가 책과 책 혹은 책과 물건의 기막힌 연관성을 매일 부지런히 찾아낼 수 있을까를 생각하면 아무래도 자신이 없어진다. 책 고르는 일도 어려운데, 책과 물건을 함께 판매하는 가게들은 성질이 전혀 다른 제품과 서비스를 매치하는 일에 얼마나 많은 노력을 기울일까. 언뜻 보기에 그럴싸하게 꾸미는 것만이 아니라 책을 제대로 읽은 사람이 반응하도록 제품을 고르는 일은 더더욱 어려울 것이다.

그저 눈으로 매장을 구경하는 사람들은 알 수 없는 부분인지 몰라도 실제로 물건을 구매할 의사가 있는 사람에게는 큐레이션이 제법 큰 영향을 미친다, 는 분석 결과까지는 내게 없지만 아마도 그럴 것이라고 확신하고 있다. 물건을 직접 팔아보았거나 진열된 제품의 조합에 마음이 끌려 뭔가를 사본 사람만이 느낄 수 있는 영향인지는 모르겠지만. 오늘도 시보네는 내 마음을 끌어당겼다. 열심히 매장을 구경하다가 나도 모르게 책방 직원들 선물이나 하나씩 사볼까 하며 지갑을 열고 말았다.

시보네CIBONE **아오야마**

주소 미나토구 미나미아오야마 2-27-25 휴릭 미나미아오야마 빌딩 2층
港区南青山 2-27-25 ヒューリック南青山ビル 2F
영업시간 11:00~21:00
홈페이지 cibone.com

개미 책방 주인의 포부

처음에 상상했던 내 책방의 모습은 이랬다. 월세를 거우 감당할 만한 작은 공간을 빌리고 카운터와 의자 하나만 둔다. 그 의자에 앉아서 글을 쓰는 나. 서가에는 자존심을 걸되 매상 따위에는 신경 쓰지 않는다. 손님이 책을 사든 안 사든 관심을 두지 않지만 책을 골라 오면 쿨하게 계산은 해드린다. 그러다 대화가 통하는 손님을 만나면 수다나 좀 떨고, 친구들이 오면 문 걸어 잠그고 술 마시는 사랑방으로 변신. 비 오는 날에는 문을 닫아버려야지. 겨울에는 아예 쉴까. 그야말로 유유자적 책방 라이프. 지금으로서는 상상도 할 수 없는 모습이다. 내가 나를 과대평가했다. 난 그렇게 느긋한 베짱이가 못 되는, 천성이 개미다. 게다가 손님이 책을 사든 말든 관심을 두지 않으면서 책방을 언제까지 유지할 수 있을 거라 생각한 건지.

책방 오픈 계획을 하나씩 구체화하면서 사람들이 우리 책방에 와서 무엇을 하면 좋을까 생각해보았다. 책을 사는 것도 좋지만 좀 즐거워했으면 좋겠는데. 의자도 없고 온통 책장뿐이면 주인에게 말을 걸기 어색하지 않을까. 멀뚱히 서서 대화를 나누기도 민망하고. 사람들이 책 읽는 즐거움을 체험할 수 있도록 가능하면 책방에 오래 머무르게 하고 싶었다.

푹신한 소파를 놓아볼까 아니면 캠핑 의자를 놓을까. 아예 텐트나 침낭을 설치할까. 고민 끝에 커다란 테이블을 마련해 손님들이 다닥다닥 앉아 적당한 소음 속에서 책을 읽게 하는 것으로 아이디어가 모아졌다. 내 경험상 의외로 약간 시끄러운 카페에서 독서에 집중한 적이 많았다. 그렇게 책방 한가운데에 대형(이지만 값은 저렴한) 테이블이 놓였다.

또 나는 책을 읽을 때 무언가를 먹거나 마시기를 좋아한다. 썩 우아하진 않지만 입을 채우면서 글을 읽는 게 내겐 최고의 휴식이다. 사람들을 머무르게 하려면 먹여야 한다. 목말라서, 배고파서 나가지 않게. 그렇게 자연스레 우리 책방은 카페를 겸한 공간이 되었다. 졸지에 한 번도 생각해본 적 없는 식음료

업자가 되어 커피 수업에 디저트 만드는 연습에 위생 교육까지 수료했다. 한동안 카페 문제로 너무 속을 썩어서 '내가 지금 책방을 만드는 게 맞나' 싶을 정도였다.

카페 겸업을 확정하고부터는 산 넘어 산이었다. 책이 주인공이어야 하는데 카페가 되어버렸으니. 책이 그저 SNS용 배경이 되면 어떡하지? 구매하지 않은 책을 자유롭게 읽게 해도 될까? 책에 커피를 흘리면 그 책을 사라고 해야 하나? 샘플 도서를 비치해야 하나? 샘플 도서를 살짝 들춰만 보는 게 아니라 테이블로 가져가 읽으면 어떡하지? 책 매상보다 커피 매상이 더 크면 웃어야 하나 울어야 하나? 나 원, 아무도 안 올 수도 있는데 벌써부터 걱정하고 그래. 애써 태연한 척 걱정을 떨쳐냈다.

주방 공사를 마치고 크고 작은 머신을 들여놓고 나니 그럴듯한 카페 카운터가 완성되었다. 처음에 책방을 구상했을 때는 당연히 직원 겸 사장은 나 혼자였지만 상황이 완전히 달라졌다. 가오픈 기간 내내 책 한 줄 못 읽고 하루 종일 커피만 뽑았다. 밤늦게 설거지며 분리수거까지 마치고 귀가하면 딱 죽겠다 싶었다. 계속 이러다가는 서가를 채우는 일이 망할 것 같아 결국 직원을 뽑았고, 직원이 생기니 다른 책방처럼 영업시간이 정해진 공간이 탄생했다.

돌이켜보면 작은 책방 겸 카페를 여는 게 그리 어려운 일은 아니었을지 모르겠다. 늘 책상에 앉아 공부하고 방송만 했던 나였기에 모든 과정이 신세계였을 뿐. 어디서부터 어떻게, 무엇을 해야 할지 알 수 없어 애가 끓고 답답했다. 나보다 똑똑하고 경험도 많고 무려 경영대를 나온 남편도 실전 경영에서는 도움이 되지 않았다. 우여곡절 끝에 내 손으로 책장을 채우고 내 손으로 커피를 내리는 나의 책방이 완성되었을 때는 눈물이 날 것 같았다. 물론 기쁨의 눈물 반, 내일부터 장사 안 되면 어쩌지 하는 걱정의 눈물 반.

　결과는? 감히 상상할 수 없는 것이었다. 정식 오픈 첫날, '왜 이렇게 많이 오지' 싶을 정도로 수많은 사람들이 서점 앞에 줄을 섰다. 서점에 발 디딜 틈이 없다고 자랑할 시간조차 없었다. "(이름만 걸고 하는 줄 알았는데) 정말 있으실 줄 몰랐어요" 하며 웃고, 때로는 너무 신기하다며 펑펑 울던 사람들. 텔레비전 속 모습보다 소매를 걷어붙이고 책 나르는 모습이 더 예쁘다던 사람들. 여러 매체와 업계 관계자들도 '장사가 되는' 동네 책방을 신기하게 여기며 의미 있는 도전으로 바라봐주었다. 그것만으로도 나는 충분히 격려를 받았다. 방송인이 낸 책방이기에 초반에 주목받은 점이 있다는 걸 잘 알고 있다. 이제부터가 진짜 시작이다.

카페를 함께 운영하는 우리 책방에서는 사람들이 커피를 마시러 왔다가 우연히 책을 발견하고, 책을 사러 온 김에 커피를 주문하는 복합적인 양상이 펼쳐진다. 음료 매출이 매상에도 도움이 되지만, 무엇보다 사람들이 책방을 좀 더 오래 둘러보고 즐기면서 머물다 가는 모습이 좋다.

손님이 건네는 말에서 힌트를 얻을 때도 많다. "큰 서점에는 책이 너무 많아서 못 고르겠는데, 여기는 미리 골라져 있는 것 같아서 좋아요." 앞으로 책장 편집에 얼마나 공을 들여야 하는지를 가늠하게 해준 말이다. "항상 책을 사놓고 안 읽는 편이었는데 여기서 사 간 책은 무조건 다 읽어요"라는 한 손님의 말을 듣고는 읽고 싶어지는 책을 꼭 발견할 수 있는 책방으로 만들겠다는 포부가 생겼다.

대형 인터넷 서점에서 책을 주문하면 10퍼센트 할인을 받을 수 있다. 무료 배송에 당일 배송까지 된다. 그럼에도 우리 책방을 찾는 손님들은 책을 좋아하는 다른 사람을 만나는 게 좋아서, 혹은 이상하게 책에 집중이 잘 되는 것 같아서 계속 찾게 된다고 말한다. 심지어 "여기 앉아서 한 권 다 읽고 가요"라는 말

책을 좋아하는 것과
책방을 만드는 것은 다르다고,
왜 아무도 말해주지 않았지.

도 자주 듣는다. 그만큼 카페 회전율이 떨어진다는 이야기지만 나에겐 가장 신이 나는 말이다. 얼마나 집중이 잘 되면 책 한 권을 다 읽었을까 뿌듯해진다. "사실 책을 잘 안 읽는데, 언니가 고른 책이 궁금해서 한번 읽어보려고 왔어요"라고 고백하는 손님을 만나면 가슴이 설렌다. 나는 책 전문가도 아니고 대단한 사업가도 아니다. 그런 내가 누군가에게 책을 읽고 싶은 마음을 불러일으켰다는 사실이 너무나 감격스럽다. 이제 더는 풋내기 책방 주인이라며 부끄러워하거나 주저하지 않기로 했다. 더 큰 포부를 가지고 우리 책방에서 사람들이 책을 집어 들게 만들고 싶다.

좌충우돌 우당탕탕 창업기를 거치고 나니 세상을 보는 눈이 조금 바뀌었다. 단점부터 말하면 어딜 가나 자꾸 견적을 낸다. 이 메뉴는 원가가 어느 정도 되겠네, 인테리어 공사는 좀 신경을 썼네 따위의 계산이 늘었다. 이러다 올챙이 시절을 잊어버리면 큰 코 다칠 텐데. 반면 좋은 점도 있다. 여름 책방 여행에서는 못 보고 지나친 부분들이 책방을 열고 다시 찾은 도쿄에서는 눈에 쏙쏙 들어오기 시작했다. 독자로서나 책방 주인으로서한 발짝 더 깊이 들어가 책방을 관찰할 수 있게 된 것이다. 책방은 알면 알수록 흥미로운 공간인 데다 배울 점이 많다. 어쩌면 누구나 할 수 있지도 않고, 한다고 큰돈을 벌 수 있는 일이 아니라서 그런지도 모르겠다. 물론, 백수 시절 베짱이 모드로 설렁설렁 돌아다닌 책방 여행도 굉장히 즐거웠지만.

진작 할 걸 그랬어

'어서 오세요. 한국 책 있어요.'

진보초 헌책방 거리에서 하얀 입간판을 찾았다. 이곳은 한국
도서를 전문적으로 다루는 서점 '책거리CHEKCCORI'다. 문을 열
자마자 입구에서부터 우리 정서가 묻어나는 한지 공예품이 눈
에 띄었다. 고작 며칠간 한국을 떠나 있었을 뿐인데 왜 이렇게
반가운지. 전면에 진열된 신간 코너는 잠시 여기가 우리나라에
있는 책방인가 착각이 들 정도다. 익숙한 한글 제목과 표지. 한
국에서 갓 출간된 따끈한 신간도 바로바로 입고가 되는 모양이
었다. 남편과 내가 신기해하며 서점을 둘러보고 있는데, 일본인
점원이 매우 귀여운 미소를 지으며 우리에게 다가와 물었다.

"혹시 한국 아나운서 아니세요?"

그렇다고 하자 반가워하며 얼른 사장님을 모셔오겠다고 하더니, 곧이어 짧은 커트 머리에 검은 뿔테 안경을 쓴 중년의 여성이 뛰어내려왔다. 책거리 책방지기이자 출판사 쿠온CUON을 운영하는 김승복 대표였다. 책방 위층의 출판사 사무실에서 일하다가 한국에서 유명한 분들이 오셨다고 해 신기해서 내려왔다며 어찌나 반갑게 맞아주시던지. 쌍화차 맛이 좋다며 권하기에 얼떨결에 대표님과 마주 앉았다.

한국 책을 어떻게 입고하는지 궁금해서 여쭈어보니, 한국 인터넷 서점을 통해 책을 구매한다는 의외의 답이 돌아왔다. 출판 유통업체나 출판사를 통해 직접 책을 매입하기에는 어려운 면이 있다고 한다. 정가보다 비싸게 판매할 수밖에 없어 아쉽지만 그래도 책은 꽤 많이 팔리는 편이라며 활짝 웃는 그녀. 매주 70~80권은 나간다며 뿌듯한 표정으로 말한다.

"저희 많이 팔거든요."

하긴, 그냥 팔아도 뿌듯한 것이 책인데 낯선 땅에서 한국 책을 팔고 있으니 당연히 뿌듯할 일이다. 대단하다, 이분. 더 알고 싶다. 어느새 찻잔을 내려놓고 직업의식을 발휘해 김승복 대표를 인터뷰하고 있는 나.

진보초 월세가 상당할 텐데, 성공하셨네요.

―3층인 데다 엘리베이터도 없어서 감당할 만해요(웃음).

어떻게 일본에서 한국 책을 팔 생각을 하셨어요?

―한국 문학을 일본에 알리고 싶어서 시작하게 됐어요. 책방 운영뿐 아니라 한국 도서 판권을 중개하는 일과 한국 문학을 일본어로 번역 출간하는 일도 하고 있죠. 우리 출판사에서 첫 번째로 출간한 작품이 한강 작가의 『채식주의자』에요. 맨부커상을 받기 전이었는데, 출간되자마자 일본 출판계에서 꽤 많은 관심을 모았어요. 지금도 1년에 두세 권씩 꾸준히 한국 작품을 출간하고 있어요.

한국 문학이 일본에서 관심을 모으리라고 예상하셨나요?

―물론 아니죠. 그냥 팔면 주목을 받지 못하는 게 당연하다고 생각했어요. 어떻게 하면 한국 문학을 알릴 수 있을까 궁리를 많이 했죠. 예를 들면 김연수 작가의 작품을 무작정 출간하면 일본 사람은 잘 모르니 관심을 갖지 않잖아요? 하지만 일본의 유명 평론가에게 작품을 읽히고 평론을 쓰게 하면, 김연수라는 작가를 단숨에 알릴 수 있는 기회가 생기겠죠.

그래서 먼저 일본 문학계의 영향력 있는 인사에게 우리 문학과 작가를 소개하는 일부터 시작했어요. 매년 『일본어로 읽고 싶은 한국의 책』이라는 한국 문학 가이드북을 만들어 일본 출판사에 배포하고 프레젠테이션도 해요. 올해로 6년째인가. 이제는 한국 작가들이 일본에 많이 알려졌고 시장도 꽤 커진 것 같아 뿌듯합니다.

책방 운영에 판권 중개에 출판 일까지, 몸이 열 개라도 모자랄 것 같아요.
– 실은 어제도 밤을 꼴딱 샜어요.

책방은 언제 여셨어요?
– 2012년에 오픈했어요. 보다시피 15평 남짓한 작은 공간이에요. 그래도 출판사만 운영할 때와는 많은 게 달라졌죠. 무엇보다 독자를 직접 만날 수 있으니까요. 독자로부터 정말 많은 아이디어와 힌트를 얻어요. 책방을 운영하는 일은 힘들기도 하지만 너무 재밌어요. 왜 진작 안 했을까 싶을 정도에요. 중요한 건 돈도 벌 수 있다는 거죠.

"책은 안 읽어도 됩니다.
좋아하면 좋은 일이 생길 뿐이죠."

돈벌이가 중요하다는 점에 뼈저리게 공감해요. 망하지 않고 버티는 것 이상의 수익을 내야 책방을 계속할 수 있으니까요.

– 맞아요. 어떤 사업이든 지속 가능해야 해요. 저는 책방도 지속할 수 있다는 걸 보여주고 싶어요.

한국 작가를 초청해서 북토크도 여신다고요. 섭외는 어떻게 하시는지 궁금합니다.

– 처음에는 그야말로 닥치는 대로 했어요. 어떤 작가가 일본에 온다더라, 하는 소문을 입수하면 재빨리 연락해 오시는 김에 강연 좀 해달라고 읍소하기도 하고(웃음). 그렇게 도종환 시인, 박민규 작가, 김중혁 작가 등을 모셔 왔죠. 요즘에는 한국 출판사 측에서 먼저 제안을 하는 경우도 종종 있어 섭외가 조금은 수월해졌어요.

요즘에는 어떤 재미난 일을 기획하고 있으세요?

– 얼마 전에 최은영 작가의 소설 『쇼코의 미소』 번역 콩쿠르를 열었어요. 두 명을 선발해 실제로 일본어 번역을 맡길 생각입니다. 한국어 번역 스쿨을 만들 계획도 있고요. 또 서점을 하면서 일본 젊은이들이 한국 사회에 관심이 많다는

걸 느끼게 되었거든요. 세월호 참사나 촛불 혁명에 대해 알고 싶어 하는 일본인이 많아요. 그래서 한국의 문화와 역사를 요약 소개하는 책도 내려고 해요.

의외로 일본인 손님이 많아요.
- 물론 한국인 손님도 오지만 일본인 손님도 상당한 편이에요. 사실 일일이 국적을 구분하지는 않아요. 다양한 사람들이 방문해주니 늘 즐거울 뿐이지요. 아, 우리 책방에 온 손님들이 무슨 책을 샀는지를 소개하는 책을 출판할 계획도 있어요.

아무래도 일이 너무 많은 것 같은데….
- 그래서 나이가 빨리 드는 기분이에요(웃음).

김승복 대표는 말끝마다 '진작 할 걸 그랬다'는 표현을 썼다. 이미 책 다루는 일을 10년 이상 해온 사람의 입에서 나온 그 말이 신기했다. 그녀에 비하면 아직은 새내기 책방지기인 나도 실은 속으로 고개를 힘차게 끄덕였다. 책방을 연 뒤 밀려드는 업무에 하루하루가 고되기도 하지만, 그 고단함 사이사이에서 책 파는 일의 기쁨을 발견할 때마다 늘 더 빨리 시작할 걸 아쉬워하는 나다.

서점 이름은 옛날 서당에서 학생이 책 한 권을 다 떼면 훈장 선생님과 친구들에게 음식을 대접하던 '책 잔치'의 의미에서 따왔다고 한다.

"우리 서점도 매일이 잔치 같거든요."

한국 문학을 소개하는 일로 덕을 본 건 자신이 아니라 일본 독자들인 것 같다며, 이 재미있는 작품들을 이제라도 알게 되었으니 얼마나 다행이냐고 말하는 모습이 멋지다. 1980년 광주 항쟁을 그린 소설 『소년이 온다』를 번역 출간한 뒤 일본 독자 30여 명을 이끌고 광주로 문학 투어를 다녀오고, 『토지』를 읽은 독자들과 통영 문학 투어를 진행했다는 실행력 넘치는 그녀. 김승복 대표가 하는 말마다 일에 대한 자부심과 책에 대한 사랑이 짙게 묻어난다. 다음에 방문하면 이곳은 또 얼마나 성장해 있을까. 그때도 "진작 할 걸 그랬다"는 그녀의 말이 듣고 싶다. 나도 "저도요, 저도요" 당당히 맞장구칠 수 있게 내 책방을 가꾸고 책을 소개하는 일의 즐거움을 더 더 많이 건져 올려야지.

책거리 CHEKCCORI

주소 지요다구 간다진보초 1-7-3 산코도 빌딩 3층

千代田区神田神保町 1-7-3 三光堂ビル 3F

영업시간 12:00~20:00 / 일, 월 휴무

홈페이지 chekccori.tokyo

독서라는 습관

초등학교를 다니던 무렵 일주일에 한 번씩 우리 동네로 '이동도서관'이 왔다. 연식이 오래된 버스를 개조해 책을 싣고 달리는 도서관으로, 항상 정해진 시간에 내가 살던 아파트 앞에 서곤 했다. 이동도서관이 올 시간이 되면 나는 항상 일찍 채비를 하고, 빌리고 싶은 책이 남아 있기를 바라면서 아파트 앞에 1등으로 서서 버스가 오기를 기다렸다. 마침내 버스가 도착해 이동도서관이 열리면 가장 먼저 뛰어가 내 몫도 모자라 엄마 몫의 대출 권수까지 꽉꽉 채워가며 잔뜩 책을 골랐다.

나는 책을 좋아하는 어린이였다. 부모님 말씀에 따르면 옹알이를 떼고부터 종일 가만히 앉아 글자만 읽으려 했다고 한다.

더 자라서는 하루 종일 책을 읽고 읽은 책을 또 읽고 다 읽은 책의 내용을 계속 중얼거렸다고. 그때의 격렬한 독서의 여파인지 심각한 고도근시로 고생했고 커서는 시력 교정술을 받았지만 지금도 눈을 찡그리는 버릇이 있다.

어릴 적에는 엄마 손을 잡고 동네 서점과 도서관도 자주 찾았다. 집 앞 도서관에 들러 대출 권수만큼 책을 빌린 다음, 다시 버스를 타고 멀리 떨어진 다른 도서관으로 가서 또 책을 빌리곤 했다.

엄마는 아빠의 월급을 아끼고 쪼개가며 생활을 꾸렸지만 그래도 여건이 되는 대로 내게 새 책도 많이 사주었다. 워낙 괴물같이 읽어대는 통에 책을 사다주면 바로 "다 읽었어요!" 외치니 안 사줄 도리가 없었단다. 점점 늘어나는 책값을 감당할 수 없게 되자 엄마는 청계천 헌책방 거리에서 헌책을 전집째 사서 실어 날랐다. 붉은 비닐 끈으로 단단히 동여맨 책 더미를 엄마가 들고 오던 모습은 내게 너무나 설레는 기억이다. 내가 태어나기도 전에 출간된 오래된 책도 있었고, 손때가 잔뜩 묻었거나 음료수를 흘렸는지 낱장이 달라붙어 있는 책들도 있었다. 엄마는 헌책을 표지부터 속지까지 한 장 한 장 닦아낸 뒤 나에게 주었다.

기억에 남는 일화도 있다. 나는 학교에서 '-습니다'로 배웠는데, 어느 날 엄마가 사다준 책을 읽다 보니 모든 문장이 '-읍니다'로 끝나는 것이다. "엄마, 책이 이상해" 하며 보여주자 엄마는 딸이 맞춤법을 익히는 데 혼동을 겪을까 봐 '읍'을 하나하나 '습'으로 고쳤다. 오래된 전집 수십 권의 모든 문장마다 '-읍니다'를 찾아내 볼펜으로 ㅅ 자를 새긴 것이다. 지금 생각하면 어떻게 그럴 수 있었을까 싶다. 그때 악착같이 맞춤법을 고쳐준 엄마 덕분에 학교에서 받아쓰기도 잘했고, 결국은 아나운서 일까지 하게 되었는지 모르겠다.

생각해보면 나의 독서 습관은 부지런히 나를 책 있는 곳에 데려다주고 내 주변을 책으로 가득 채워준 엄마 덕분에 형성되었다. 그 사실을 서른이 넘어서 깨달았다. 내가 잘나서 책을 좋아하게 된 줄 알았지. 좋아하는 독서를 계속 좋아할 수 있도록 힘닿는 데까지 도와준 부모님이 안 계셨더라면 어느 순간 책과 멀어졌을지도 모른다. 도서관을 누비며 부담 없이 실컷 책을 읽을 수 있었던 것도 큰 도움이 되었다. 독서라는 습관은, 손 뻗으면 닿을 곳에 책이 있어야 비로소 만들어지는 게 아닐까.

어른이 되고부터는 도서관을 찾는 횟수가 줄어든 대신 서점을 찾았다. 시간이 없을 때는 인터넷으로 구매하기도 하지만 그래도 역시 서점에서 직접 이런저런 책을 들춰 보는 게 좋다. 하지만 대형 서점은 주로 도심에 밀집되어 있어 솔직히 시간을 내어 일부러 찾아가기 어렵다. 왜 편의점, 약국, 카페는 건물마다 하나씩 있는데 작은 서점은 없는 걸까 항상 아쉬워했다. 심지어 회사 근처에도 서점이 없어 늘 투덜대다가 마침내 한 곳이 들어섰을 때 얼마나 반가웠던지.

동네에 서점이 많아지면 좋겠다. 스타벅스나 로또 판매점만큼 서점이 많아져서 사람들이 서점에 익숙해지고, 책에 친숙해져서 독서라는 습관이 널리널리 퍼졌으면 좋겠다. 나중에는 어릴 적 내가 손꼽아 기다리던 이동도서관 같은 이동식 서점도 생겼으면 좋겠다. 서점이 많아지면 우리 책방 운영에 어려움이 찾아오려나. 그렇지는 않을 것 같다. 책을 일상 속에서 접하는 사람이 늘어나서 자연스럽게 독서 인구가 폭발적으로 증가했으면 좋겠다. 진심으로.

그나저나 이런 자리에서 밝히기는 미안하지만 내 남동생은 책을 좀 싫어했다. 사실 많이 싫어했다. 누나인 나보다 훨씬 먼저 걷고, 빨리 뛰고, 심지어 엄마가 통제할 수 없을 정도의 운동 신경을 자랑하는 대신 한글을 늦게 깨우쳤다. 어릴 적 우리 집에는 크리스마스가 되면 산타할아버지에게 책을 받는 전통이 있었다. 물론 장녀인 내가 책을 좋아했기 때문이다. 그러나 난생 처음 산타의 선물을 받은 동생은 머리맡에 놓인 책을 보고 엉엉 울었다. 산타할아버지가 선물로 책을 주셔서 너무 슬프다고 일기에도 썼다.

엄마는 동생에게도 책을 읽히기 위해 갖은 애를 쓰셨다. 지금 생각해보면 좀 과했던 것 같다. 책을 읽으면 온갖 보상을 부여하는 방식으로 열심히 꼬셔도 보고, 때로는 혼내기도 했다. 책을 안 읽는 게 솔직히 혼날 일은 아닌데. 어린 나는 책을 잘 읽는다고 칭찬받는 데 익숙해서였는지, 동생이 부당한 대우를 받는데도 딱히 이의를 제기하지 않았다.

아무튼 엄마의 노력에도 동생은 책을 좋아하지 않는 어른으로 성장했다. 꼭 읽어야 하는 교과서나 학습서를 제외하고는 독서하는 모습은 별로 본 적이 없다. 그래도 어른이 된 녀석은 자기 인생을 잘 꾸려나가고 있다. 자신이 잘하는 일을 찾아 열심히 살며 종종 엄마와 누나에게 감동을 준다. 요즘 엄마는 "책만 읽고 비실거리는 너보다 동생이 걱정 안 되고 든든하다"는 말까지 하신다. 아니, 이제 와서 그러시면.

책방을 열고 한동안 힘 좋은 남동생이 일을 도와주었는데,

나 역시 엄마의 말에 동의하게 되었다. 나보다 책도 훨씬 잘 꽂고, 책장을 통째로 옮겨달라는 부탁에도 번개처럼 움직이는 손. 게다가 손님들에게 힘껏 웃어드리기까지.

"어머, 잘생긴 알바를 뽑으셨네요."

네, 꽤 쓸 만한 친구죠(책을 싫어하는 건 비밀이지만). 그렇게 힘쓰는 일을 주로 하며 책방에 출퇴근하던 동생이 얼마 전 슬쩍 말을 꺼냈다.

"나한테도 한 권 추천해보든가."

역시 책에 둘러싸여 있으면 읽게 되는구나! 그나저나 무슨 책을 골라주지. 어려운 손님 등장.

북카페의 시조새를 만나다

저녁을 먹고 소화를 시킬 겸 산책에 나섰다. 너무 시끄러운 곳은 피해 야트막한 언덕을 거닐며 밤에 오붓하게 걷기에는 롯폰기가 제격이다. 제2차 세계대전 당시 미군 기지와 시설이 들어서면서 서양 음식점과 밤 문화가 발달한 이곳은 한마디로 분위기 좋고 잘사는 동네다. 서울로 치면 이태원과 청담동이 뒤섞인 느낌.

천천히 걸어 도착한 곳은 롯폰기 츠타야 서점이다. 이미 개점한 지 10년이 지났지만 여전히 세련된 모습으로 손님들을 맞이하고 있다. 서늘한 날씨가 행복감을 마구 만들어내는 그런 밤이다. 서점 밖에 놓인 간이 테이블에서는 많은 이들이 노천

카페의 분위기를 누리고 있었다. 개를 산책시키는 사람, 야외 조명 아래에서 책을 읽는 사람, 간식을 꺼내 먹는 사람이 섞여 있는데 주변은 역시 놀라울 정도로 깨끗하다. 우리는 일단 서점 내부를 구경하고 야외에 앉기로 했다.

롯폰기 츠타야 서점은 일본에서 책과 커피의 조합을 처음 시도한 매장이기도 하다. 한마디로 북카페의 시조새 격. 츠타야를 설립한 마스다 무네아키는 2003년에 서점과 스타벅스를 융합한 공간을 구상했다. 누구나 마음에 드는 책을 가져와 편안한 카페 창가 자리에서 읽을 수 있는 서점을 꿈꾼 것이다. 처음에는 서점과 카페가 결합된 공간에서 어떤 일이 벌어질지 전혀 예상하지 못했다고 한다. 결과적으로 롯폰기 츠타야 서점은 롯폰기의 명소로 발돋움했고, 커피 매출로 상당한 이익을 얻었을 뿐 아니라 도서 매출 역시 함께 늘어나는 성과를 거두었다.

당시로서는 '콘텐츠의 무료화'라는 마스다의 시도가 업계의 주목을 받은 것이 당연한 일이었다. 책을 사지 않고 읽고만 가면 어떡하느냐, 카페에 구입하지 않은 책을 반입할 수 있게 하면 책이 망가지지 않겠느냐 등등 우려의 목소리가 높았다. 하지만 책이 잘 팔리지 않거나 책이 망가지는 데 따른 걱정스러운 일은 거의 일어나지 않았다고 한다. 책을 자유롭게 읽도록 한

것이 오히려 고객으로 하여금 책을 보다 편히 보고 구매할 수 있게 도움을 주었다.

솔직히 나는 '걱정스러운 일은 거의(!) 일어나지 않았다'는 대목에 약간 의심을 품었다. 내가 해봐서 아는데, 책이 엄청 망가진다. 책방에서 찢어지거나 귀퉁이가 접히거나 커피 혹은 침이 묻은 책을 수두룩하게 발견한다. 나는 그때마다 가슴이 찢어지는데, 마스다는 대인배인가. 그래도 책이 훼손되는 문제를 기꺼이 감내할 만큼 좋은 결과가 있었기에 수많은 북카페가 생겨났을 테지.

롯폰기 츠타야 서점의 성공 이후 책을 자유롭게 읽거나 심지어 음료를 마시며 읽도록 허용하는 서점이 많아졌다. 우리나라도 마찬가지. 서점에 진열된 책은 읽어도 된다는 인식마저 생긴 것 같다. 그렇지만 책을 좀 지저분하게 읽는 편인 나는 서점에서 판매하는 책을 더럽힐까 봐 구매하지 않은 책은 훑어볼 뿐 웬만해서는 그 자리에서 읽지 않는다. 우리 책방은 구입하지 않은 책은 테이블에서 읽을 수 없도록 하는데도 매달 망가져 팔 수 없게 되는 책이 적지 않다. 서점에서 무료로 책을 즐기면서 독서 인구가 늘어난다면야 반가운 일이지만, 우리 같은 작은 책방이 견본 도서비용 부담을 떠안는 것은 쉽지 않은 일이다.

여행에서 돌아와 서점을 내려고 준비할 때 혼자서 대형 서점에 자주 갔다. 하루는 여학생 둘이 책을 읽었다가 내려놨다가 하며 한참을 고르는 모습을 보았다. 속으로 그저 귀엽다고 생각하고 있었는데, 그중 한 명이 꺼낸 말을 잊지 못한다.

"오늘은 만천 원밖에 없어. 삼천 원 더 모아서 다음에 오자."

옆에 있던 학생은 그 말을 듣고도 당장 사 가지 못하는 게 아쉽다는 듯이 계속 책을 만지작거렸다. 그 책을 사주었어야 하나 아직까지도 후회하고 있다.

책방을 운영하는 입장이 되고 보니 여러 걱정이 생기지만, 어쨌거나 책방은 손님이 돈 한 푼 없어도 그곳에 머무는 것만으로 안온함과 행복감을 느끼는 장소였으면 한다. 책을 좋아하는 사람에게 서점은 책을 사지 않아도 마음을 채워주는 곳이니까. 그날 당장 책을 사든 안 사든, 책을 좋아하는 사람이 많아져야 더 좋은 책이 계속 나오고 서점도 늘어날 것이다. 그러니 모든 서점은 책 후원자들을 소중히 여겨야 한다. 물론 내가 늘 책방에서 망가진 책을 정리하며 스트레스 받을 때, 혼자 기도문처럼 되뇌는 생각이다.

내가 우리 책방을 떠올리며 이런저런 고민에 빠진 사이, 남편은 '우키요에'라는 일본 고유의 회화 양식을 주제로 한 코너에 서서 열심히 화집을 보고 있다. 평소에 보기 힘든 일본 전통 그림이 시대별, 작가별로 총망라된 서가를 보니 하나하나 눈에 담아 두어야겠다는 생각이 들었나 보다. 그새 일본 판화와 친해진 것인지. 실컷 책을 읽은 남편은 기어이 읽던 책 가운데 하나를 골라 계산했다.

남편이 이미 한참 훑어본 책을 구매한 것은 왜일까(물론 원래 물건 사는 걸 좋아하…흠흠). 이곳은 워낙 넓어서 사지 않은 책을 다 읽고 가는 얌체 짓을 해도 서점 직원이 일일이 확인할 수가 없다. 아니, 오히려 서점에서 누구든지 얌체가 되어도 좋다며 책 읽기를 권장하기까지 한다. 그럼에도 천천히 서가를 둘러보다 결국은 책을 사고야 마는 사람이 많다. 물론 그 배경에는 공들인 북 큐레이션이 있을 것이다. 북카페가 서점으로서 성공하기 위해서는 결국 책이 중요하다는 결론. 그 증거인 우키요에 화집을 남편 배낭에 넣고 책방을 나섰다.

밖은 이미 어슴푸레하다. 우리는 처음 계획했던 대로 서점 앞 벤치에 앉았다. 서점이 새벽 4시까지 운영된다고 쓰여 있는 안내판을 보고 또 한 번 감탄했다. 야간 운영이라니, 당연히 적자가 예상되는 일을 아무렇지 않게 시도하는 것이 츠타야답다. 통유리창으로 비치는 서점의 은은한 조명과 밤공기에 스며든 커피 향기, 산들거리는 바람과 코발트색 하늘에 걸린 달. 나란히 앉은 우리 두 사람의 입가에 미소가 피어올랐다.

롯폰기 츠타야 서점 六本木 蔦屋書店

주소 미나토구 롯폰기 6-11-1
　　　港区六本木 6-11-1
영업시간 7:00~28:00

독립 책방과 동네 책방 사이에서

　스마트폰을 꼭 쥐고 지도 앱에 표시된 화살표만 뚫어져라 보면서 걷는데 도통 책방이 나타나질 않는다. 뭐 이렇게 책방이고 뭐고 아무것도 차릴 수 없는 위치에서 영업을 하는 거냐고 불평하며 걷다가, 정말 그 무엇도 있을 법하지 않은 하얀 벽의 맨션 앞에서 화살표가 멈췄다. 주변을 살펴보니 창문가에 아주 작은 책 모양 간판이 그려져 있다. 제대로 찾긴 했는데… 일본 주택가의 쓰레기 한 점 없는 깨끗한 길을 걷다가 마주한 조금은 흐트러진 동네 모습이 생소했다. 벽에 그려진 낙서며, 정리 안 된 입간판이며, 그 옆에 당당히(?) 놓인 쓰레기 봉지도. 왠지 도쿄 한복판이 아니라 유럽 도시의 좁은 골목길로 들어선 느낌이다. 네덜란드의 도시 이름을 딴 책방이라서 그렇게 느껴지는 걸까. '위트레흐트UTRECHT'는 미피 캐릭터를 만든 딕 부르너가 태어난 네덜란드의 도시. 일본에서는 '유토레히토'라고 읽는다. 어쩐지 잘 외워지지 않는 이름이다.

위트레흐트는 아트, 디자인, 패션 서적과 각종 독립출판물을 다루는 독립 책방이다. 2002년 7월 온라인 서점으로 시작해 같은 해 11월 다이칸야마에 첫 매장을 냈고, 이후 나카메구로와 오모테산도를 거쳐 지금의 위치에 안착했다고 한다.

입구에 들어서자 '올해의 접시Year's Plate'라는 이름의 전시가 한창이었다. 출입문부터 발을 떼기 조심스러울 정도로 많은 접시가 바닥에 놓여 있다. '눈의 아침 에든버러 체크' '밤의 상트페테르부르크 아파트의 체크' 같은 제목이 눈에 띄었다. 특정 순간과 장소를 접시의 무늬와 색으로 구현한 전시였다. "우리 기억에 남은 여행의 추억을 접시 위에 담기 위해 노력했다"는 설명과 함께.

서점 안은 개성 넘치는 독립출판물로 가득했다. 위트레흐트에서 일본 아티스트와 협업해 자체 출간한 책도 제법 많았다. 작가가 자신의 셀카를 수십 장 찍어 'I SHOT MYSELF'라는 제목으로 묶은 사진집과 조금 야하고 키치한 그림책이 흥미로

왔다. 스누피가 그려진 미니 그림책을 집어 들었더니, 찰리 브라운이 스누피를 산책시키는 게 아니라 스누피가 찰리 브라운 목에 줄을 채우고 산책을 시키고 있다. 귀여워. 무심한 듯 늘어놓은 책과 물건, 그리고 묘하게 뒤섞인 서가와 전시, 어우러지면서도 하나씩 궁금하게 만드는 디스플레이에 전문가의 손길이 느껴진다. 대부분의 책은 펼쳐보거나 구경하는 데도 제약을 두지 않아 체험 미술관에 온 듯한 기분이 들기도 했다.

뜬금없이 고백하자면, 나는 오랫동안 안정 지향적인 사람이었다. 어려서부터 남들이 다 옳다고 말하는 일을 할 때 안전하다고 느꼈다. 좋아하는 일보다는 잘하는 일을 찾아서 했고, 적성보다는 성적에 맞춰 대학에 갔다. 방송이 하고 싶어졌을 땐 지상파 방송국만을 목표로 시험을 쳤고, 방송국에 들어간 뒤에는 막연히 '아나운서는 뉴스 앵커가 되어야 하겠지'라고 생각했던 나. 다행히 운이 따랐다. 잘하는 일을 열심히 하다 보니 재미가 붙었고, 우연히 선택한 전공(사회학) 역시 아나운서 일에 도움이 되었다. 심지어 입사한 지 얼마 되지 않아 뉴스데스크 앵커 커리어를 시작했으니 나로서는 탄탄대로를 달린 셈이다. 한때는 스스로를 나름 개성 있고 비급 취향을 가진 인간이라 생

각한 적도 있었지만, 선택의 갈림길에 설 때면 늘 '일단은'이라는 말로 타협하며 안정적인 자리를 지켰고 평범한 사람이 되기 위해 노력해왔다. 그런 내가 사표를 던지고 회사에서 독립해 책방을 연 것만으로도 무난했던 내 인생 치고는 큰 모험을 감행한 셈이다.

하지만 내가 운영하는 책방을 '독립 책방'이라 부르기는 좀 어려울 것 같다. 독립 책방이란 교보문고나 영풍문고 같은 대형 서점이나 참고서와 베스트셀러 중심의 학교 앞 서점과는 다른, 기존의 서점 형태와 운영 방식에서 자유로운 서점을 말한다. 개인 제작자가 직접 발행하고 유통하는 독립출판물을 주로 다루고, 베스트셀러 위주의 서가 구성에서 벗어나 책방 주인이 관심 있는 주제(시집, 연애, 고양이, 추리소설 등)로 개성이 뚜렷한 북 큐레이션을 선보이며, 임대료가 비싼 역세권보다는 동네 골목 안에 자리 잡은 서점. 이 정도로 정의할 수 있을까.

책방을 열 때부터 우리 책방을 뭐라고 불러야 할지 계속 고민했다. 거대 자본이 투입되지 않았으니 대형 서점은 물론 아니지만, 독립 책방이라고 부르기에는 왠지 아직 나의 개성이 강하게 투영되지 않은 느낌이다. 현재로서는 독립출판물을 많이 다루고 있지도 않다. 역시 '동네 책방' 정도로 부르는 게 적당하려나. 동네에 있기는 하니까.

나도 처음에는 전국 어느 서점에서나 구할 수 있는 베스트
셀러와 신간 위주로 구성된 기존 서가의 형태에서 벗어나 우리
책방만이 소개할 수 있는 책, 우리 책방만의 베스트셀러를 만
들고 싶다는 생각이 강했다. 매일같이 쏟아지는 신간과 이른
바 히트 상품에 가려진 오래된 책, 좋은 내용을 담고 있지만 홍
보가 부족해 조용히 잊힌 책, 나오자마자 서가 구석에 팽개쳐
졌을지 모를 다양한 책들을 발굴해 소개하고 싶다는 열의와 의
욕이 넘쳤다. 하지만 지금 우리 책방의 서가를 보면, 냉정히 볼
때 아직은 주류 출판물 중심의 북 큐레이션에서 크게 벗어나지
않은 수준인 것 같다. 무엇보다 독립출판물을 소개하는 일에도
아직은 소극적이다.

최근 우리나라에서도 독립출판 붐이 일면서 1인 출판사와
개인 제작자가 만든 서적과 굿즈 등이 늘어났다. 우리 책방에
도 종종 입고 제안이 오는데, 우리 책방과 궁합이 맞아 입고하
는 경우도 간혹 있다. 하지만 나의 안정 지향적인 성향 탓인지
아무래도 아직은 독립출판물을 검토할 때면 조심스럽다. 바코
드가 찍히지 않은 책, 대중적 취향과는 다소 거리가 먼 낯선 주
제, 때로는 저자 이름조차 표지에서 제거한 파격적인 디자인…

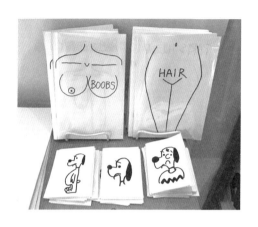

기존 책이 가진 물성을 해체하고 재구성하려는 시도가 놀랍고 무척 매력적이라고는 생각하지만 선뜻 입고하게 되는 확률은 높지 않다. 출간 의도에 비해 콘텐츠의 수준이 아쉬운 경우도 있고, 잘 팔릴까 걱정이 되기도 하고. 우리 책방에 방문하는 손님들도 아직은 독립출판물을 낯설어하는 느낌이다.

그러나 한편으로는 왠지 대중적 취향이 아닐 것 같고, 또 아직 검증되지 않은 작가라는 이유로 입고를 거절한 내 선택이 우리 책방을 찾는 손님의 취향을 너무 단순하게 여긴 것은 아닐까 싶기도 하다. 익숙한 주제, 유명한 작가, 검증된 출판사의 책이 꽂힌 서가에서 벗어나 낯선 세계를 탐험할 준비가 된 독자들도 알고 보면 제법 있지 않을까.

'모름지기 책은 이래야 하지'라는 편견을 깨기 위해 존재하는 듯한, 온갖 모양 온갖 주제의 독립출판물로 가득 찬 위트레흐트에 서 있으니 그런 생각이 들었다. 독립 책방 혹은 동네 책방의 도전은 책방 주인의 자유롭고 과감한 선택에서 시작되는 것 같다고. 지도 앱을 켜고도 찾기 어려운 골목 깊숙한 곳에서, 대중적이지 않은 책만을 모아 팔면서도 16년째 많은 이들에게 영감을 불어넣고 있는 위트레흐트 같은 서점이 존재한다는 사실이 내게 용기를 준다. 골목을 다섯 바퀴째 뱅글뱅글 돌 때 포기하지 않고 끝까지 찾아내길 잘했다. 조금 더 과감하게, 조금 더 새로운 시도로 우리 책방에 개성을 불어넣어 보자는 의지를 일깨워준 고마운 서점을 만났으니.

위트레흐트 UTRECHT
———————

주소 시부야구 진구마에 5-36-6 게리 맨션 2층
　　　渋谷区神宮前 5-36-6 ケーリーマンション 2F
운영시간 12:00~20:00 / 월 휴무
홈페이지 utrecht.jp

우리 책방의 데이터 모으기

책도 책방도 좋아하는 나지만, 역시 책은 인터넷 서점에서 제일 많이 사온 편이다. 이제 와서 좀 부끄러운 고백인지 모르겠지만. 서점에서 책을 고르다가 '지금 들고 가긴 무거우니까 집에 가서 주문해야지' 하며 책을 내려놓은 적도 많다. 그래서 지금도 우리 책방에서 열심히 책을 뒤적이다 그냥 돌아서는 손님을 보아도 그리 서운하지 않다. 너무 다들 그러면 책방이 다 망하겠지만. "하루 배송마저도 기다릴 수 없어!"라며 그 자리에서 당장 집어 들고 싶은 책을 팔려고 노력하는 것도 책방 주인의 일이라고 생각하고 있다.

그나저나 요즘 인터넷 서점들이 많이 영리해진 것 같다. 책을 주문하기 전에 어떤 책인지 궁금해 인터넷 서점에 가끔 접속하곤 하는데, '김소영 님의 취향에 맞는 책'을 알아서 추천해준다. 예전에도 '같은 작가의 책'이나 '이 책을 구매한 분들이 산 책' 같은 추천은 본 적 있지만 갈수록 취향 적중률이 높아지는 느낌이다. 어라, 내 취향을 어떻게 알았지. 연말이면 내가 한 해 동안 구입한 책을 보여주면서 가장 많이 구매한 달은 언제인지, 내가 가장 사랑한 작가는 누구였는지 분석해준다. 덕분에 나는 사회학, 추리, 여성/젠더, 코믹/명랑만화를 좋아하는 사람이라는 점을 간파당한다. 이것이 바로 빅데이터의 힘이구나, 새삼 느낀다.

도서 유통업계에서 빅데이터를 가장 잘 활용하는 기업은 역시 미국의 아마존닷컴일 것이다. 미국에서 팔리는 책 가운데 절반은 아마존에서 팔린다고 하는데, 이 공룡 서점에 수십 년간 누적된 고객의 빅데이터는 실로 어마어마할 터다. 아마존은 2015년에 온라인 판매 데이터를 바탕으로 서가를 구성한 오프라인 서점 '아마존북스Amazon Books'를 론칭했다. 아마존 온라인 서점 고객이 남긴 평점, 사전 주문량, 판매량 등의 빅데이터를 토대로 완성되는 고객 맞춤형 서점이다.

빅데이터 모으기라면 일본의 츠타야도 뒤지지 않는다. 츠타야는 신용카드 겸 포인트카드인 'T카드'를 만들어 무려 6천만 명, 그러니까 일본 인구의 대략 절반을 회원으로 가입시켰다. 'T카드로 일상을 바꾼다'는 캐치프레이즈처럼 T카드를 소지한 사람은 주유소에 갈 때도, 편의점에 갈 때도, 신문을 구독할 때도, 츠타야에서 서적과 음반을 구입할 때도 통합 포인트를 적립한다. 그리고 그 순간 츠타야는 무궁무진한 빅데이터를 수집한다. 전국 각지의 영업점에서 이루어지는 소비자의 사용 실적을 한눈에 보며 소비자의 취향을 파악하고, 대중의 소비 패턴을 분석한다. 아직은 시작 단계라고 하지만 곧 다양한 마케팅 서비스에 활용할 것이 자명하다.

빅데이터를 거머쥔 아마존과 츠타야의 위력은 무서울 정도다. 고객의 사적인 취향과 소비 패턴을 속속들이 꿰뚫고 있는 기업이 책을 파는 시대에, 내가 운영하는 동네 책방이 과연 살아남을 수 있을까.

도서 검색대 하나 없는, 철저한 아날로그 책방을 운영하는 사람으로서 나는 책장을 채울 때면 책방 손님의 얼굴과 표정 하나하나를 떠올린다. 자주 방문하는 고객들의 성향을 고려하기도 하고, 이 책에서 저 책으로 마인드맵을 그려보기도 한다. 빅데이터가 아닌 '엑스스몰데이터'라고 할까. 물론 보잘것없는 매출 데이터를 열심히 분석해보기도 하지만, 결국은 많은 부분을 추론과 예측으로 메워나가는 수밖에 없다. 나의 고객 맞춤형 서비스를 위한 노력은 시간을 내어 손님들과 이야기를 나누거나 독서 취향이 비슷한 사람들을 모아 대화를 나누도록 도움을 주는 수준이다. 하지만 그런 사소한 대화와 새로운 만남 속에서 흥미로운 책이나 작가를 발견하고, 또 공유하는 순간들은 실로 즐겁다.

우리 책방에서 손님이 책을 골라달라고 할 때면 나는 대뜸 질문을 던진다. "전공이 뭐예요?" "남자 친구는 있어요?" "지금 기분은 어때요?" "오늘 혼자 왔어요?" 뭐, 소개팅을 하느냐고? 아니, 책을 골라주고 있다. 오늘 처음 만난 사이에 좋아하는 책을 어떻게 단박에 맞출 수 있겠나. 내가 점쟁이도 아니고. 몇 마디라도 나누어보아야 그 사람에게 추천하고 싶은 책이 떠오른다. 다행히 "책 소개해 달랬는데 왜 사생활을 물어봐요?"라며 항의한 손님은 아직 없다.

한번은 20대로 보이는 여성 손님이 찾아와 말했다.

"퇴사 관련된 책을 읽고 싶어요."

나는 또 묻기 시작했다.

"왜 그만두고 싶어요? 회사 일이 힘들어요? 아님, 다른 일을 하고 싶은 거예요? 누가 괴롭혀요? 혹시 그냥 조금 쉬고 싶어요?"

손님의 대답에 따라 내가 권하는 책은 『회사 그만두고 어떻게 보내셨어요?』가 될 수도 있고, 『일개미 자서전』이거나 『아무래도 싫은 사람』이거나 『일 따위를 삶의 보람으로 삼지 마라』일 수도 있다. 혹은 『퇴사 준비생의 도쿄』나 『창업가의 일』이 될 수도 있다. 단순히 데이터의 바다에서 '퇴사'라는 키워드로 검색한 책을 줄줄이 나열해서는 손님에게 맞춤한 책을 찾아낼 수 없다구.

미래의 서점은 어떤 모습일까. 머지않아 우리는 전에 없던 방법으로 책을 고르고 또 구매하게 되겠지. 어쩌면 '고른다'는 개념마저 없어질 수도 있다. 내가 '읽고 싶을 만한' 책이 매주 알아서 배달 온다든지 하는 식으로. 아마존과 츠타야의 시대에 아날로그 동네 책방을 열다니, 시대를 거꾸로 가고 있는 건 아닐까 걱정이 되기도 한다. 하지만 한 번에 여러 책을 동시에 읽는 나로서는 내가 항상 예측 가능한 대로만 책을 읽지 않는다는 점이 작은 위안거리다. 나의 도서 구매 패턴을 분석해 빅데이터가 골라준 책보다는 우연히 집어 든 낯선 책에서 아주 미묘한 (인공지능, 넌 죽어도 모를 거야) 연결고리를 발견할 때 기분이 더 좋다. 사람들이 인터넷을 통해 손쉽게 책을 구할 수 있음에도 일부러 책방을 찾는 이유도 비슷하지 않을까. 의외의 책을 발견하는 즐거움을 누리기 위해서.

빅데이터는 독자의 정보를 수집한다. 하지만 얼굴을 마주보고 말을 나눌 때 느껴지는 손님의 표정, 성격과 취향, 그날의 기분, 책방 주인에 대한 호감과 신뢰, 그로부터 생겨나는 기대감 같은 것은 작은 책방만이 수집할 수 있다. 심지어 오랜 시간을 함께해온 단골손님에게는 이런 식의 선제적 대응도 가능하다.

"이 책 분명히 좋아할 거예요."

어쩌면 동네 책방 주인이 동네 주치의 같은 존재가 될 수 있지 않을까, 라며 빅데이터의 위용 앞에서 조금 허세를 부려본다. 아직은 아날로그 책방이 가진 힘이 건재하다는 데 감사하며 그 힘을 소중히 가꾸어나갈 방법을 고민한다. 조만간 로봇팔이 요리하는 대형 프랜차이즈 음식점도 생기겠지만, 그럼에도 한 사람 한 사람을 위한 요리를 손수 대접하는 동네 식당이 남아주기를 바라는 것처럼. 엑스스몰데이터로 무장한 동네 책방 주인은 오늘도 힘을 내본다.

콘셉트가 뭔가요

오늘은 멀리 나가지 않고 숙소 근처를 어슬렁거리며 주변 탐방에 나서기로 했다. 우리가 머물고 있는 동네는 시부야. 교통이 편리해 일본에 오면 주로 이곳에 숙소를 잡는다. 여러 번 다녔더니 나중에는 그 복잡한 시부야역에 도착하면 왠지 모를 안정감을 느꼈고, 심각한 길치임에도 호텔까지 가는 길을 척척 찾아내 남편이 깜짝 놀라기도 했다.

백화점과 쇼핑몰과 레스토랑과 클럽이 빼곡히 들어선 시부야는 엄청난 인파로 늘 북적이는 곳이지만, 큰길에서 한두 골목만 살짝 들어가도 여기가 시부야 맞나 싶을 정도로 한산한 분위기가 펼쳐진다. 한적한 골목길을 따라 요요기공원 방향으로 걸었다. 가미야마초神山町에 이르러 서점 발견. 거주용 빌라의 1층을 개조한 공간이다. 간판은 없지만 커다란 유리창 너머로 책과 사람으로 꽉 찬 내부가 보인다. 이름은 '시부야 퍼블리싱 앤 북셀러즈SHIBUYA PULISHING & BOOKSELLERS'. 근처에 NHK 방송국이 있어 방송 관계자나 관련 업종에서 일하는 젊고 감각 있는 손님이 많이 찾는다는 서점 겸 출판사다.

안으로 들어서자 서점 벽을 둘러싼 하얀 책장이 가장 먼저 눈에 들어왔다. 평범한 책장이 아니라 자유로운 곡선과 비대칭 선반이 어우러진 개성 넘치는 모습이다. 서점과 출판사 사무실을 겸하는 평범한 공간이지만 독특한 책장을 활용해 예술적 감각을 불어넣은 느낌. 서가 구성 역시 평범함은 거부한다는 듯 모양도 분야도 제각각인 책들이 제멋대로 자유롭게 꽂혀 있다. 1960~1970년대에 발행된 헌책부터 신간과 독립출판물, 자체 제작한 굿즈와 잡화까지 작은 공간에 온갖 흥미로운 것들이 오밀조밀 잘 진열되어 있다.

책장 말고도 또 하나 재미난 요소를 발견했다. 서점 안쪽에 자리한 출판사 사무실이 통유리로 훤히 공개되어 있다는 점. 이 서점에서 책을 만드는 직원들이 실제로 어떤 사람들인지를 손님에게 직접 보여주려는 의도라고 한다. 그래도 그렇지, 하

루 온종일 서점을 오가는 사람들과 눈을 마주쳐가며 일한다는 게 쉽지 않을 것 같은데. 그런 걱정이 무색하게 나 말고는 그렇게 열심히 사무실 안을 들여다보는 손님은 없었지만.

　서점과 출판사를 함께 운영한다는 점이 이곳의 정체성을 잘 설명해준다. 손님을 응대하고 책을 판매하는 직원 외에도 작가와 편집자, 일러스트레이터와 디자이너가 서점 안에서 함께 일한다는 사실이 서점에 놓인 책들을 왠지 더욱 특별하게 대하도록 만든달까. 책을 소개하는 일을 넘어 기획력과 편집 능력을 바탕으로 사람과 문화를 연결하겠다는 포부를 커다란 유리창을 통해 당당히 선언하는 느낌이다.

　작은 책방들은 서로 다른 콘셉트를 내세우고 그것을 조금씩 발전시켜 나간다. 각자의 정체성을 가꾸어나가는 것이야말로 대형 체인 서점과 인터넷 서점 틈에서 살아남기 위한 가장 좋은 방법이다. 나도 책방을 준비할 때 "콘셉트가 뭔가요?"라는 질문을 많이 받았다. 솔직히 말하면 처음 책방을 열 때는 명확한 콘셉트는 없었다. 있다면 '나'일 뿐. 내가 좋아하는 책을 꽂아둔 공간, 즉 내 취향을 공유하는 것이 우리 책방의 콘셉트라면 콘셉트다. 이제 하나씩 배워가는 단계이지만, 문학이든 독립출판물이든 과학책이든 한 분야에 집중하는 스페셜리스트가 되기보다는 잡학에 능한 타입의 책방 주인이 되고 싶었다. 내가 바로 그런 사람이니까.

물론 이런 어설픈 콘셉트에도 사람들이 '그럴듯하다'고 호응해주는 것은 내가 방송인이라는 사실이 호기심을 불러일으켰기 때문이기도 하다고 생각한다. 우리 책방에서 내가 꾸린 서가를 보고 "생각보다 밝은 책이 없네요"라든가 "이렇게 심각한 책만 있으면 안 팔려요" 같은 조언을 하는 손님도 종종 만난다. 그런 반응이 재미있다. 살짝 처진 눈과 동그란 얼굴 탓인지 나를 주로 귀여운 순둥이 캐릭터로 보는 분들이 많다. 나로서는 좀 억울한 부분인데, 여린 성격에 대한 반감은 전혀 없지만 사실 나는 생각보다 안 여린 타입이기 때문이다. 다들 하도 그렇게 보기에 내가 나온 방송을 모니터링하기도 했다. 뭐야, 저 눈웃음치는 여자는. 세상 착한 표정은 왜 짓고 있지. 내가 저렇게 조심조심 말을 했었나. 의도한 게 아닙니다. 저도 방송에서 왜 그렇게 나오는지는 몰라요.

신기하게 책방을 열고부터 여성 팬이 늘었다. "언니 글을 보면 의외로 좀 터프하신 것 같아요"라든가 "언니 서평의 덤덤한 듯 따뜻한 말투가 좋아요"라든가 "의외로 웃긴 사람이네요" 등

등 아나운서 시절에는 들어본 적 없는 칭찬을 듣는다. 우리 책방에 놀러오면 방송으로 상상했던 나의 모습과는 전혀 다른 콘셉트의 서가를 만나게 될 가능성이 높다. 서가에 투영된 내 모습은 방송에 투영된 내 모습과는 또 다르니까. 책방 운영과 방송 활동을 통해 나도 몰랐던 내 모습을 나날이 발견하고 있는 요즘이 참 기분 좋다.

또 하나 신기한 건, 책방을 내고 다시 방송을 시작하자 '덜 여린' 내 모습이 조금씩 나오는 것 같다는 점이다. 의도적으로 캐릭터에 변화를 준 게 아닌데도 왠지 말투도 좀 편해 보이고 표정도 좀 자유로워 보인다. 책방 주인이 되고 난 이후의 변화가 놀랍다. 방송인인 내가 책방 콘셉트를 찾아가고 있는 것처럼 책방이 방송인으로서 나의 진짜 콘셉트를 찾아주는 느낌.

앞으로 오래도록 좋은 책방을 꾸려가기 위해서는 어떤 콘셉트가 필요할지, 장차 우리 책방의 분위기가 어떻게 변해갈지는 잘 모르겠다. 동네 책방 중에는 특정 분야에 파고들어 마니아의 사랑을 받는 책방도 있고, 대중에게 익숙하지 않은 독립출판물을 전문으로 다루는 책방도 있다. 나는 더 많은 사람에게 책을 읽히고 싶다는 것 외에 구체적인 목표는 아직 없다. 내가 방송을 하는 사람이니 책에 관심이 없던 사람도 친숙한 얼굴의 책방 주인에게 이끌려 독서라는 취미를 발견하는 계기가 되는, '초심자를 위한 책방'이어도 좋을 것 같다. 평범한 사람 누구나 자유롭게 드나들지만 평범한 책만 가득한 서점은 아닌, 나의 개성과 안목이 묻어나는 책방이 될 수 있다면. 바로 이곳 퍼블리싱 앤 북셀러즈처럼.

서점을 한참 구경하고 나니 배가 고파져 근처에 있는 힙한 샌드위치 가게로 향했다. 이름도 특이한 '카멜백 샌드위치 CAMELBACK sandwich'. 이 가게는 딱 계란말이와 와사비 소스만 넣은 타마고 샌드위치로 유명하다. 가게 안에는 테이블은커녕 서서 기다릴 만한 공간도 없어 주문을 넣고 밖에서 기다렸다. 내가 샌드위치 포장을 기다리는 사이 남편은 바로 옆 가게인 '커피 슈프림COFFEE SUPREME'에서 라테를 맛보겠다며 사라졌다. 이 근방에 맛있는 빵집과 카페가 워낙 많다 보니 샌드위치와 커피를 사서 요요기공원에 앉아 먹고 마시는 젊은이도 많다. 타마고 샌드위치를 받아 들고 남편이 있는 카페로 갔다. 그리고 샌드위치를 살짝 까서 한 입 베어 물었는데, 너무 맛있어서 "하나 더 사 올래!"라는 외침만을 남긴 채 다시 카멜백을 향해 전력 질주했다.

5분 만에 되돌아와 대뜸 추가 주문을 하니 직원들이 조금 웃는 것 같았다. 비웃은 건 아니고 나름 귀엽다는 듯한 표정. 타마고 만드는 법이 너무 궁금해서 홀린 사람처럼 뚫어져라 주방 쪽을 쳐다보고 있던 내 모습이 웃겼을지도 모르겠다. 점원이 완성된 샌드위치를 건네며 한국 사람이냐고 물었다. 아주 짧은 일본어와 그나마 조금 나은 영어를 섞어가며 기초 회화를 몇 마디 나눈 뒤 샌드위치를 받았다.

나오면서 보니 이미 가게 마감 시간이었다. 헐레벌떡 뛰어온 식탐 손님을 위해 기꺼이 추가 주문을 받아준 것이었군. 마음속으로 감사 인사를 건네고 두 번째로 사온 허니 앤 애플치즈 샌드위치를 꺼냈다. 씁쓸한 브리치즈에 꿀을 바르고 작은 사과 조각을 겹쳐 올렸는데 너무 맛있다. 빵은 딱딱하고 속 재료는 평범한 데다 심지어 샌드위치도 엄청 조그마한데! 계란말이에 와사비를 붓 터치로 살살 바르고, 브리치즈에 꿀을 더한것뿐인데 이런 맛을 내다니. 남편도 라테가 맛있다고 했다. 알고 보니 커피 슈프림은 호주의 작은 커피 브랜드로 시작해 일본까지 진출한 내공 있는 카페. 아, 이 동네에 사는 사람들은 좋겠다.

시부야 퍼블리싱 앤 북셀러즈 SHIBUYA PUBLISHING & BOOKSELLERS

주소 시부야구 가미야마초 17-3 테라스카미야마 1층
　　　 渋谷区神山町 17-3 テラス神山 1F
영업시간 월~토 11:00~23:00 / 일 11:00~22:00
홈페이지 shibuyabooks.co.jp

카멜백 샌드위치 앤 에스프레소 CAMELBACK sandwich & espresso

주소 시부야구 가미야마초 42-2
　　　 渋谷区神山町 42-2
영업시간 8:00~17:00 / 월 휴무

커피 슈프림 도쿄 Coffee Supreme Tokyo

주소 시부야구 가미야마초 42-3
　　　 渋谷区神山町 42-3
영업시간 월, 금 9:00~18:00 / 화, 수, 목 ~21:00 / 주말 ~22:00

모두의 서점

나는 성인 위주의 책방을 열었지만 가끔 어린 자녀와 함께 오는 분들을 위해 어린이용 도서 서너 권을 구비해두고 있다. 나 역시 신경 써서 고르지만 요즘 부모들은 아이 책을 고를 때도 예전보다 꼼꼼히 보는 것 같다. 내용은 좋은지, 그림은 어떤지, 교육적 효과는 있을지, 아이에게 어떤 메시지를 전해주는지, 어떻게 하면 아이가 더 즐겁게 책을 읽을 수 있을지 고민하고 책을 고른다. 옷을 갈아입힐 때마다 아이와 실랑이하는 부모는 『벗지 말걸 그랬어』라는 그림책을, 아이가 자유롭게 자신의 의견을 말하고 또 남의 의견을 존중하며 살아가기를 원하는 부모는 『틀려도 괜찮아』를 눈여겨보는 식이다.

가끔은 골라온 책에 메시지를 적어달라는 손님도 있다. "엄마 말 잘 들으라고 써주세요" "동생이랑 싸우지 말라고 써주세요" "무조건 공부 열심히 하라고 써주세요!" 등등. 이런 부탁에 웃음이 나기도 하고 민망하기도 하고, 옆에 서 있는 사랑스러운 아이를 내려다보며 괜스레 웃곤 한다.

하루는 한 엄마 손님이 아이를 데리고 책방을 찾았다. 멀리서부터 '저 언니처럼 되어야 한다'고 여러 번 말하는 소리가 들렸는데, 대여섯 살쯤 될까 싶은 아이는 나에게 영 관심이 없는 눈치다. 엄마는 결국 다가와 "우리 애기가 '신혼일기'를 너무 재미있게 봐서요. 사진 좀 찍어주세요" 하는데, 아이가 눈을 동그랗게 뜨고 말한다.

"엄마가 봤지 내가 봤냐."

톡 튀어나온 순수한 대답이 얼마나 귀엽고 웃기던지. 그래도 어머니를 위해 사진을 찍으려고 아이 옆에 섰다.

"○○야, 언니 사진 찍어주세요, 해봐. 애교 해봐, 애교."

"아~ 그만 좀 찍어!"

그 순간 울려 퍼진 아이의 우렁찬 진심에 책방에 있는 사람이 다 웃고 말았다. 엄마는 뒤에 기다리는 사람들이 있으니 마음이 급하고, 아이는 누군지도 모르는 아줌마랑 자꾸 사진 찍

으라고 하니까 얼마나 귀찮았을까. 내가 뽀로로였으면 또 모르지만. 아이가 다 부모 마음대로 되는 건 아니다.

우리 부부는 둘 다 아이를 좋아한다. 물론 육아를 경험해보지 못한 상태로 하는 말이다. 아직은 아이를 가질 계획이 없는데도 아기 물건이며 옷을 보고 있으면 절로 기분이 좋아진다. 결혼하기 전에 남편과 친구 출산 선물을 사러 다닐 때마다 괜한 오해를 받는 황당한 일을 몇 번 겪고 나서는 아쉽게도 유아용 매장은 좀 피하게 되었지만. 나는 어릴 적에 갖고 싶은 장난감이 있어도 한 번도 사달라고 말해본 적 없는 소심한 아이였는데, 어려서 욕심을 억누른 탓인지 어른이 되고 나서 오히려 인형과 장난감, 게임기를 사들이는 취미가 생겼다. 일본 여행을 오면 디즈니스토어니 키디랜드니 하는 곳에 꼭 들른다. 가끔은 서점에서 나를 위해 동화책을 사기도 한다.

어릴 때 본 동화책들은 그림이 아주 예쁘진 않았던 것 같다. 엄마가 주로 헌책을 구해다 주었기 때문이려나. 다 읽고 나서 왠지 이상하고 뭔가 께름칙한 느낌을 받은 기억도 있다. 지나치게 잔혹하거나 혹은 야하거나(그래서 더 열심히 읽었지만), 왜곡된 성 의식을 조장하는가 하면 동식물에 대한 존중이 부족했던 책들. 하지만 요즘 나오는 동화책은 우리 엄마가 청계천 헌책방에서 헌책을 사다 나르던 시절보다 더 섬세하고, 유머러스하고, 사랑스럽다. 책이 전하는 메시지도 아이 입장에 더 가까워진 느낌이다. 그래서 어른이 되고도 동화책 읽는 일이 이렇게 즐거운 걸까.

일본에 와서도 어린이 책방을 찾았다. 일본에서 가장 핫한 브랜드가 모여 있는 패션의 거리 아오야마에 위치한 '크레용 하우스crayonhouse'. 출판 관계자와 전문 일러스트레이터뿐 아니라 도쿄의 세련된 부모들이 많이 찾는다는 풍문이다. 어린이 서점이라면 으레 주거 지역이라든가 가족 단위 손님이 많은 거리에 있을 것 같은데, 멋쟁이 싱글 남녀와 젊은 연인이 드나드는 장소에 서점이 있다는 점이 독특하다. 쇼핑을 나온 사람들이 예쁜 간판과 음악 소리에 이끌려 서점에 들어와 어린이 책을 펼치는 모습을 상상하니 왠지 매력이 배가되는 느낌. 이 서점에서 데이트를 하던 연인이 결혼해서 아이를 낳고 크레용 하우스를 다시 찾기도 하고, 할머니와 엄마와 자녀까지 3대가 함께 서점을 찾는 경우도 있다고 한다.

1976년에 문을 연 크레용 하우스는 무려 40년이 넘는 역사를 이어오며 지금은 지하 1층, 지상 3층으로 이루어진 일본 최대의 어린이 도서 전문 서점으로 자리매김했다. 크레용 하우스의 대표 오치아이 게이코 씨는 모 정치인의 혼외 자녀로 태어나 편모 아래에서 외로운 어린 시절을 보낸 인물. 책을 친구 삼아 성장한 그녀는 1967년 문화방송 아나운서로 일했고(오, 나의 전 직장과 이름이 같다), 1971년 펴낸『한 스푼의 행복』이라는 시리즈 에세이가 성공하며 유명 작가의 길을 걸었다. 서른 즈음 조직을 떠난 그녀는 책이 친구이자 전부였던 시절을 떠올리며 어린이를 위한 꿈 같은 서점을 열었다(오, 내가 책방을 낸 것도 만 서른이었는데). 크레용 하우스라는 이름도 아이들이 각자의 색깔로 인생을 그리기를 바란다는 뜻으로 지은 것이다.

서점 1층에는 외국 서적을 포함해 5만 권이 넘는 서적이 진열되어 있다. 이곳은 한번 입고한 책은 반품하지 않는 것으로도 유명하다. 한 달에 한 번 신간 회의를 열어 까다롭게 책을 선정하고, 한번 들여온 책은 끝까지 책임지고 판매한다는 멋진 태도다. 잘 팔리는 책이라도 아이에게 좋은 영향을 끼치지 않는다면 입고하지 않고, 좋은 책이라면 오래 두어도 결국에는 팔린다는 서점 주인의 확고한 신념이 있기에 가능한 일.

어린 시절 서점 구석에 앉아 눈치를 받을 때까지 책을 읽었다는 주인답게, 서점 곳곳에 아이들이 편히 앉아서 책을 볼 수 있는 의자가 놓여 있고 둘러앉아 만화를 볼 수 있는 비디오도 전시되어 있다. 서점에는 아이들을 데려온 부모들이 많았다. 종알대는 말이 무슨 말인지 알아들을 수 없지만 쪼그려 앉아 책에 몰두한 모습이 마냥 사랑스럽다.

2층에서는 어린이 장난감과 문구류를 판매한다. 밀랍으로 만든 크레용, 목재 교구와 목마 등 대체로 아이에게 무해한 재료를 사용해서 입에 넣고 빨아도 괜찮은 물건들을 판다.

그런가 하면 3층 '미즈 크레용 하우스'는 엄마의 공간이다. 여성과 가족, 여성의 몸과 마음, 아동 의학, 육아 지식뿐 아니라 환경문제나 정치를 다룬 도서, 예술과 심리학 등 다채로운 성인 도서가 있다. 서가에 붙은 주제를 읽어보니 '일본의 헌법' '정치' '저널리즘' '원전' 등이다. 'Woman's EYE'라는 제목 아래 놓인 책은 시몬 드 보부아르와 한나 아렌트 등 여성 학자의 고전과 페미니즘 서적 등이다. 서가 곳곳에 신문과 잡지에서 스크랩한 관련 기사와 인터뷰 내용이 붙어 있는 모습을 보면 이 책방이 말하고자 하는 바는 더 명확해진다. 아이를 키우는 존재로서뿐 아니라 이 시대를 살아가는 여성으로서 엄마에게 권하는 책들을 책방 주인의 섬세한 분류로 다양하게 제시하는 것.

처음에는 3층 공간에 붙은 '미즈'라는 표현이 조금 불편했다. 자녀 교육은 여성의 몫이라거나 아이를 위해 엄마가 희생해야 한다는 가부장적 사고방식을 조장하는 서가이면 어떡하지 싶었다. 하지만 서가를 천천히 돌아보며 이 공간이 오직 여성만이 자녀의 보호자이고 육아를 담당하는 사람이라는 편협한 생각으로 꾸며진 곳이 아님을 깨달았다. 엄마에 방점이 찍히기보다는 페미니즘적인 시각으로 책 읽기를 권하는 느낌이랄까. 실제로 서점 주인인 오치아이 게이코 씨는 일본군 '위안부' 문제 해결을 촉구해온 여성 운동가이기도 하다. 그래도 언젠가는 3층 이름에서 '미즈'라는 단어가 빠지고 여성과 남성 모두를 지칭하면 좋겠다는 생각은 들지만. 어린이와 어른 모두의 서점이 되었으면 하는 바람을 담아.

크레용 하우스 crayonhouse

주소 미나토구 기타아오야마 3-8-15
　　　港区北青山 3-8-15
영업시간 평일 11:00~19:00 / 주말, 공휴일 10:30~19:00
홈페이지 crayonhouse.co.jp

책은 다시 주인공이 될 수 있을까

요즘 대세는 글자가 적은 책인 것 같다. 책방을 운영하며 피부로 느끼고 있다. 처음 책 판매량을 보았을 때는 깜짝 놀랐다. 어쩜 이렇게 얇고 여백이 많은 책들만 팔렸을까.

스마트폰에 익숙한 젊은 세대일수록 호흡이 긴 문장이나 긴 글을 낯설어한다는 말을 들은 적이 있는데, 정말인 것 같다. 요즘 나오는 책들만 봐도 그렇다. 예전에는 어떤 주제든 작가가 350쪽은 넘게 써줘서 책등이 두툼해야 '책' 같았는데, 요즘은 텍스트가 빽빽한 책보다는 여백을 여유 있게 주고 두께도 얇아진 책들이 더 많이 보인다. 글자가 줄어드는 시대에, 텍스트가 사라지는 시대에 나는 책을 팔겠다고 책방을 차렸다.

생각해보면 꼭 글자가 많은 것만이 책도 아니고, 그래야만 가치가 있다고 볼 수도 없다. 글자보다 그림이나 사진이 많다고 나쁜 책인 것도 결코 아니다. 한 단어든, 하나의 문장이든, 한 장의 사진이든 그것이 나에게 어떤 울림을 주는지가 중요할 터. 그래도 이렇게 긴 글을 싫어하는 추세가 계속된다면 나중에는 책 자체가 사라지는 것이 아닐까 걱정이 되기도 한다. 책의 정의를 두툼한 물성에만 한정 지으려는 태도가 조금 구식일지도 모르지만.

일본에는 "카레도 책이다"라는 극단적인 주장을 하는 사람도 있다. 『책의 역습』을 쓴 북 코디네이터 우치누마 신타로가 그 주인공이다. '카레도 책'이라는 말은 일본 전국에서 판매되는 레토르트 카레 상자를 책장에 꽂아두고 사람들이 책처럼 꺼내 읽고 원하는 카레를 구매할 수 있도록 한 산세이도 서점 三省堂本店의 시도를 두고 그가 한 말. 책의 미래와 더 큰 가능성을 위해 책의 정의를 확장해야 한다는 의미일 것이다. 우리 주변에 있는, 정보가 담긴 모든 것이 책이 될 수 있다는 열린 마음으로 사고하자는 메시지.

최근 우리나라에서도 다양한 형태로 책을 출간하는 출판사가 늘고 있다. 민음사는 한 손에 잡히는 판형에 200쪽 내외 분량의 콘텐츠를 담은 '쏜살문고'를 론칭했다. 출판사 쪽프레스에서는 무려 네 쪽짜리 소설을 펴낸다. 기존의 출판 형식에 구애받지 않고 창의적인 시도를 통해 제작자의 개성을 강하게 담아내는 독립출판물도 많다. 이 같은 시도가 더 확산된다면 지금의 나로서는 상상할 수 없는 성질의 '무엇'이 책으로 불릴 날이 머지않은지도 모르겠다.

비단 책뿐 아니라 길거리에 걸린 광고판, 신문 기사, 텔레비전 자막, 편지와 문자 메시지에 이르기까지 텍스트를 읽는 행위 자체에 중독된 사람으로서 나는 글이 설 자리를 잃은 미래는 상상하고 싶지 않다. 사람들이 오랜 시간을 들여 자신의 생각을 두툼한 책으로 엮고, 또 시간을 들여 길고 긴 글을 정성껏 읽었으면 좋겠다.

책이 없었다면 나란 사람이 어떤 모습을 하고 있을지, 도무지 상상하기 어렵다. 30여 년 동안 읽어온 문장들이 내 안에 차곡차곡 쌓여 지금의 나를 이루고 있다고 믿고 있다. 사람에게 잘 기대지 않는 성격인 내가 그럼에도 외롭지 않고, 일이 잘 풀리지 않을 때 절망하지 않았던 건 언제나 책이 곁에서 말을 걸어주고 이야기를 들려준 덕분이다. 책과 문장이 가진 힘을 사람들이 잊지 말아주었으면 좋겠다. 트렌디한 잡화 정도로 책이 소비되는 건 역시 서운하다. 책을 쓰고 만드는 사람들, 책을 팔고 소개하는 사람들, 책을 고르러 온 사람들 모두가 힘을 내서 이 힘들고 지치는 세상 속으로 더 많은 문장이 퍼져나갔으면.

휘파람을 불며 책을 팔자

도쿄 책방 여행을 준비하며 가장 먼저 캐리어에 챙긴 책은
『시바타 신의 마지막 수업』이었다. 진보초의 오래된 인문 서점
'이와나미 북센터'을 운영했던 시바타 신 씨의 이야기가 담겨
있다. 그는 고령의 나이에도 현장을 지키며 많은 서점인의 귀
감이자 멘토로 불리었고, 1991년부터 진보초 북 페스티벌을 만
들고 지휘해온 인물이다. 진보초의 상징이자 구심점 역할을 해
온 그는 2016년 가을 세상을 떠나 많은 이들의 안타까움을 샀
는데, 마침 우리나라에 책이 번역 출간된 해여서 한국어 책도
함께 묻어드렸다는 출판 관계자의 말을 들었다. 이제야 진보초
를 찾았지만 그를 만날 수는 없게 되었구나. 지금은 그의 평생

일터였던 이와나미 북센터도 문을 닫은 상태다. 비어 있는 가게를 보며 그의 모습을 얼핏 그려볼 뿐이다.

『시바타 신의 마지막 수업』에는 50년 동안 서점을 운영하며 서점 외길 인생을 걸어온 시바타 신의 목소리가 생생하게 담겨 있다. 서점 전문 저널리스트인 저자가 무려 3년간 시바타 신을 인터뷰하여 85세의 고령에도 매장 출근을 멈추지 않았던 그의 인생을 기록했다.

> '잘 들어. 시바타 군. 책장은 무조건 채우는 거야' 이런 소리만 들었다니까. 그땐 책이 잘 팔렸기 때문에 자주 책이 빠져서 서가가 덜커덩거리곤 했어. '서가에 절대 틈을 만들지 마라', '뭐든 좋으니 일단 빈 곳을 채워라. 책 번호라든가 이런저런 것들은 다 나중 일이다' 그런 말을 들었지. 그땐 어디든 다 비슷했어.

그가 서른다섯의 나이로 우여곡절 끝에 서점 일을 시작했을 때는 '책 도둑'을 잡아내는 게 주요 업무였을 정도로 사람들이 책을 많이 사던 시절이었다. 인기 있는 책이 발매되는 날에는 수십 명이 서점 앞에서 문을 열기를 기다리곤 했다니, 지금으로 치면 새 아이폰을 1분이라도 빨리 만져보기 위해 전날 밤부터 애플스토어 앞에 긴 줄이 늘어서는 풍경과 닮았다.

서점은 7층 전체를 통으로 사용하는 큰 규모였고 눈코 뜰 새 없이 바쁠 만큼 많은 손님을 받았다. 워낙 책이 많이 팔리던 시기, 손이 유독 빠르다며 칭찬을 받았다는 시바타 씨의 회상은 지금의 나로서는 좀처럼 상상하기 어려운 이야기다. 매년 우상향 그래프를 그리던 서적 매출과 좋은 부지마다 대형 서점이 들어서던 그때와는 상황이 너무나 달라진 지금, 그의 인생도 함께 내리막길을 걸었을까.

물론 세상 일이 다 그렇듯, 아무리 노력해도 사라져 버리는 업종도 있어. 앞으로 서점도 어찌될지 모르지. 알 수 없지만, 장사를 하는 이상 어느 정도는 도박일 수밖에 없다고 봐. 문화라든가 인간 지식의 향상에 공헌하는 역할도 있지만 그 반대편에는 질퍽이는 진흙탕도 있지. 하지만 거기서 불현듯 연꽃이 피어나는 순간도 있는 게 장사니까 말이야.

그가 서점 운영을 계속해온 원동력은 의외로 특별한 곳에 있지 않았다. 그는 깊은 절망감을 느끼거나 혹은 뾰족한 수를 내기 위해 안달복달하는 사람이 아니었다. 그는 서점 업계에서 '대박 매출'을 만들어낸 총명한 직원의 스토리나 기발한 마케팅 비법을 자랑하는 출판사 관련 기사나 호들갑에 크게 개의치 않는 편이라고 했다. 그저 서점에서 일한다는 자체만으로 행복을 느낄 줄 아는 사람이었을 뿐이다. 대개 어떤 분야든 독하고 눈빛이 부리부리한 사람이 반짝 돋보일지 모르지만, 결국 마지막을 지키는 이는 대부분 시바타 씨처럼 진득한 사람이다.

'50년 동안이나 서점에서 근무한 전설의 책방지기'라는 수식어를 들었을 때는 그를 '책을 정말 잘 파는 영업왕' 혹은 '책에 인생을 바친 사람'이 아닐까 생각했다. 하지만 책을 읽으며 그를 알아갈수록 시바타 씨는 엄청난 야망을 가진 사람이 아니었다. "책을 파는 것은 양배추를 파는 것과 비슷하다고 생각한다"는 그의 말처럼, 오히려 큰 기대 없이 할 일을 해온 것이 쌓이고 쌓여 그의 인생을 이루었다.

그는 마지막 일터인 이와나미 북센터를 운영하면서도 서점을 매일매일 잘 운영해내는 것을 가장 중요하게 생각했다. 특히 서점에서 일하는 모든 직원이 하루하루 행복할 것. 오죽하면 그가 팀장으로 서점을 운영할 당시의 모토가 '휘파람을 불며 책을 팔자'였다고 한다. 휘파람을 불며 책을 팔자. 서점을 성

책은 놀랍게도
내가 상상할 수 없었던 일들을
매일매일 내게 가져다준다.

공적으로 운영하는 데 필요한 그 어떤 노하우나 비결보다 내 마음속에 즉각적으로 와닿은 말이다.

유독 작고 마른 체구의 시바타 씨에게 책이란 그저 '무거운 것'이기도 했다. 사람들이 흔히 가지는 환상과 달리, 매일 서점에서 해야 하는 '막노동' 수준의 힘든 작업들을 상징하는 표현이다. 매일 아침 배달되는 무거운 박스의 포장을 풀어헤쳐 책을 꺼내 들고 매장 온 구석을 동분서주하는 일. 팔린다는 보장도 없지만 늘 이곳저곳 옮겨 다니며 책을 이렇게도 진열하고 저렇게도 진열하는 일. 큰 이익이 남지도, 크게 칭찬받지도 못하지만 그런 일상을 기꺼이 받아들이는 일. 이 모든 것이 그가 생각하는 진정한 '서점의 일'이다. 인터뷰 내내 시바타 씨는 자신을 '보통 사람' '보통 소상인'이라고 했지만, 급변하는 세상에서도 초조해하지 않으며(85세였던 그는 아이패드를 이용할 줄 알았다) 옛 서점의 모습을 지켜온 그의 일상이야말로 보통이 아닌, 비범한 인생이라고 느껴지는 건 왜일까.

오늘 하루를 우울하다고 생각하는 날은 거의 없어. 일본의 앞날을 한탄하거나 출판계의 미래를 근심하거나, 그런 생각은 하지 않아. 생각하는 척은 하지. 하지만 곧바로 저녁밥을 생각하니까.

이 부분을 읽으며 나도 모르게 웃음이 났다. 그는 일상적으로 책을 팔고, 집에 와서는 저녁밥을 챙겨 먹으며, 그렇게 생의 마지막 날까지 책과 함께 살았다. 마지막 순간까지 진보초를 지켰던 그의 작고 소식에 많은 이들이 슬퍼했지만 여전히 그의 흔적이 담긴 축제가 성황리에 열리고 있다는 점은 작은 위안거리다. 일본에서도 대형 프렌차이즈 중고 서점이 속속 들어서면서 진보초의 헌책방과 북 페스티벌마저도 점차 힘을 잃어갈 것이라는 우려의 소리가 들려온다. 하지만 그저 시바타 신 당신처럼, 휘파람을 불면서 하루하루 책을 팔며 기다리다 보면 서점을 찾는 사람이 늘어날 거라고 믿는다면 지나친 낙관일까요? 그가 살아 있었다면 직접 물어보았을 텐데.

헌책방 거리를 거닐다 다시 화려한 도시로 돌아가는 길. 이제 서점의 변화를 아쉬워만 하지 말고 변해가는 모습 그대로를, 변하기 위해 노력하는 모습 자체를 자랑스럽고 아름답게 여겨야겠다고 생각했다. 책방 여행을 다녀와 직접 책방을 내기까지, 이제 막 서점 업계에 발을 담갔을 뿐이지만 책은 놀랍게도 내가 상상할 수 없었던 일들을 매일매일 내게 가져다준다.

즐거운 일을 즐겁게 하면 된다는 단순한 진리를 왜 이제야 알았을까. 앞으로 나와 우리 책방에 어떤 일이 벌어질지는 알 수 없지만, 벌써부터 50년 차 책방지기가 될 수 있을지를 미리 걱정하진 않을 것이다. 오늘 하루 더 즐겁게 책을 읽고, 책방을 찾는 이들이 많아지는 날까지 내가 책 파는 일을 더 많이 좋아해야지. 힘차게 휘파람을 불며.

📖 이시바시 다케후미, 『시바타 신의 마지막 수업』, 정영희 옮김,
　　남해의봄날, 2016

더할 나위 없음

『어느 날 서점 주인이 되었습니다』는 진지한 고민도 구체적인 계획도 없이, 심지어 돈도 별로 없는 상태에서 덜컥 서점을 인수해버린 독일 부부의 이야기다. 자신들이 인수한 오스트리아 빈의 책방에 처음 도착해 "이제 어떡하지?"라고 외치는 그들처럼, 나도 2017년 여름에 처음 책방 여행을 떠날 때만 해도 상상하지 못했던 일을 한국에 돌아와 저질러버렸다. 덜컥 서점을 연 것이다.

여행에서 돌아와 이 책의 앞부분을 쓰면서 내가 직접 책방 주인이 되어보고 싶다는 생각이 점점 커졌다. 너무 열심히 책방을 둘러보고 책방을 생각하다가 정신이 약간 나간 건지도 모른다. 가게 자리를 계약하고 나서 "이제 어떡하지?"를 하루에 몇 번이나 외쳤는지. 세어볼 걸 그랬다. 이제 와서 하는 이야기지만 스물네 살 때부터 방송국이라는 좁은 세계 안에만 있던 나는 세상일을 아무것도 몰랐다. 그래도 나름 내가 똑똑한 줄 알고 노트에 창업 계획을 줄줄이 써내려갔다. 학창 시절에 수능 계획표 만들듯이 꼼꼼하고 명쾌하게. 그러나 막상 공사 현장에서, 책장을 만들고 채워가면서, 카페 메뉴 개발 과정에서, 가오픈 뒤 시행착오를 겪어가며 창업은 그렇게 명쾌하게 몇 줄로 정리되는 일이 아니라는 걸 깨달았다. 밤이면 막막한 마음에 눈물이 줄줄 흘렀다. 아침이 올 때까지 머리를 싸매고 고민하는 나날이 이어졌다.

오스트리아 빈의 동네 책방을 인수한 독일 부부는 즉흥적으로 서점을 인수한 후에야 앞으로 어떻게 해야 할지를 고민하기 시작한다. 낮이고 밤이고 계산기를 두드려보고, 토론하고, 전화 통화를 하며 끊임없이 궁리하지만, 그것은 "끝내주는 아이디어가 되었다가, 몽땅 완전히 말도 안 되는 일이 되고, 실천 불가능한 일이 되었다가 다시 우리의 미래가 되고, 그러다 다시 우리가 망하는 길이 되기도" 한다. 나 역시 책방을 시작하고서야 깨달았다. 책방에 손님으로서 놀러 가는 것과, 책방을 운영하는 것은 아주 다르다는 사실을. 책방 운영은 재미로 하는 일이 아니라 생업이 걸린 문제라는 것, 역설적으로 그렇기에 흔들리더라도 매번 다시 일어설 수 있는 나만의 철학이 필요하고, 진심으로 재미를 느껴야만 끝까지 할 수 있다는 걸 몸으로 깨우쳤다.

　책방을 오픈하고 맞닥뜨린 제일 큰 문제는 의외로 체력이었다. 매일 밤 퇴근하면 두들겨 맞은 듯 몸이 아팠다. 내가 일본 여행에서 만난 책방 주인들은 꽤나 느긋해 보였는데. 책방에 이렇게 할 일이 많은데 손님에게는 어찌 그리 친절했을까. 그 많은 책은 언제 다 읽는 걸까. 매일 아침 목장갑을 끼고 소매를 걷어붙인 채 박스를 풀고 책을 나르고, 서가에 책을 이리 꽂았다 저리 옮겼다. 팔린 책은 또 주문하고 배송이 오면 다시 덤비는 날의 연속. 책 더미에 앉아 하루 종일 재고를 정리하고, 급하게 들고 나르다가 손목을 삐끗하고, 퀭한 낯빛으로 손님에게 책을 추천하고, 사인을 하거나 기념사진을 찍어드리기도 한다. 한때는 짙은 메이크업과 공들인 헤어 스타일링을 하지 않은 채로 모르는 사람과 대화할 일이 없었는데, 손님들이 가엾게 여길 정도로 몰골이 말이 아닌 날이 대부분인 지금이 아나운서로 활동할 때보다 더 완전한 '공인'의 삶 같다는 생각도 든다.

　책방 주인은 책을 읽고 우아하게, 또는 지적이게 책을 소개하면 되는 줄 알았건만. 아주 제대로 착각했던 거였다. 책방 문을 닫고 집에 돌아오면 언제 불면증을 겪었냐는 듯 정신없이 잠에 빠져들고, '삑, 삐빅' 신용카드 단말기 환청을 들어가며 하루 종일 계산하는 꿈을 꾸거나 손님이 하나도 오지 않아 두려워하는 꿈을 꾼다. 책을 좋아하는 일과 책을 파는 일은 다르다. 서점은 더 이상 내게 낭만적인 공간이 아니다. 이제 서점은 내 일터다.

　책방을 꾸린 이후 다시 도쿄로 떠났다. 독자이자 손님으로서 바라보는 책방과, 책방 주인이 된 뒤 바라보는 책방은 사뭇 달랐다. 일단 책방 주인을 보면 존경심부터 생기고, 내게 말이라도 걸어주면 엄청나게 바쁜 와중에 내게 말까지 걸어주다니 하며 더욱 황송해했다. 한편으로는 아쉬운 점이나 의문이 불쑥 솟아오르기도 했다. 여긴 굳이 왜 이렇게 꾸몄을까? 나라면 이렇게 했을 텐데. 아직은 책방 주인보다는 책 애호가로 살아온 세월이 더 긴 내가 섣불리 쏟아내는 감상일 뿐이지만.

　책방 여행을 다녀와서 바로 책방을 준비하는 내게, 누군가는 일본에서 장사 기술이라도 배워왔느냐고 물었다. 일본에서 트렌드의 흐름을 읽고 창업한 거냐고. 돈 버는 법 같은 건 하나도 터득하지 못했다. 다만 어느 시간대에 서점을 찾아도 항상 책을 읽고 있는 사람들, 책방이라는 일터에 자부심을 갖고 일하는 직원들의 모습을 보며 부러운 마음을 키운 것 같다. 나도 이 사람들 틈에 끼어도 될까. 나도 도전해도 될까.

일본 출판업계 주간 신문 《신분카新文化》의 편집장을 지낸 이시바시 다케후미가 쓴 『서점은 죽지 않는다』에는 일본 각지에서 작은 책방을 연 사람들의 이야기가 실려 있다. 그중 오래 다니던 직장을 그만두고 5평짜리 책방을 차린 하라다 마유미 씨는 조심스레 이렇게 말한다.

"누구나 소액의 퇴직금으로 시작할 수 있는 서점을 만들고 싶다. 그렇게 조그맣게 시작한 서점이 전국에 1천 곳 정도만 생긴다면, 세상이 달라지지 않을까."

그래, 더도 말고 1천 곳, 아니 200곳이라도 생긴다면. 서점이 있는 동네가 200곳이나 더 생긴다면 얼마나 좋을까.

우리나라에도 작은 독립 서점과 동네 책방이 늘어나고 있다. 하라다 마유미 씨가 꿈꾼 천 개의 책방이 우리나라에서도 가능해지고 있는 걸까. 하지만 책방이 새로 문을 여는 속도만큼 폐업을 신고하는 책방도 적지 않다. 동네 책방을 직접 운영해보니 정말 만만치가 않다. 서점 일 자체는 보람되고 순간순간 행복을 주지만, 그 보람과 행복이 수익과 정비례하지 않는다는 게 문제다. 책방을 여는 데까지도 우여곡절을 겪었지만 책방을 지속하는 일은 더더욱 만만찮다는 걸 뼈저리게 실감하고 있는 요즘이다.

그럼에도 나는 책방이 계속해서 늘어났으면 좋겠다. 독창적인 북 큐레이션으로 책을 집어 들게 만드는 책방, 재미난 일을 꾸미는 창작자가 모여드는 책방, 인테리어가 멋진 책방, 맛있는 커피와 향긋한 차가 함께하는 책방, 책과 잡화가 어우러진 책방, 한 분야만 파는 책방, 어떤 형태든 좋겠다. 사람들도 더 많이 찾았으면 좋겠다. 그래서 작은 동네 책방도 돈을 벌면 좋겠다. 그렇게 점점 더 많은 책방이 생겨나기를.

모두가 어제 본 티브이 프로그램 대신 간밤에 읽은 책에 대해 수다를 떠는 모습을 상상한다. 방송인과 책방지기, 두 직업을 다 가진 나지만. 예전부터 처음 만난 사이에도 책을 좋아한다고 하면 왠지 편견 섞인 호감이 생기곤 했다. 책방을 열고 얼마나 좋은 사람들을 많이 만났는지 모른다. 나의 편견은 날마다 더 강해진다.

여행을 다녀와 책방을 연 것까지는 내 마음이니 눈치 볼 것 없었지만, 책을 쓰기로 한 뒤에는 적지 않은 부담감을 느꼈다. 책을 좋아하는 사람으로서 스스로에게 부끄럽지 않은 글을 완성할 수 있을지 걱정도 컸다. 부담과 걱정을 떨쳐내고 용기를 내서 써내려간 글이니, 이 책이 도전을 망설이는 이들에게 조금이나마 도움이 되었으면 한다. 머리를 식힐 겸 떠난 여행지에서 가볍게 읽으며 기분 전환을 해도 좋고, '이 정도면 나도 할 수 있겠는데' 싶어 창업을 결심해도 환영이다. 물론 책임은 못 지지만. 그리고 '바깥세상은 만만치 않구나, 회사에 꼭 붙어 있어야겠다'는 마음을 다진다고 해도 좋을 것이다.

이 책의 제목 '진작 할 걸 그랬어'가 '진작 퇴사할 걸 그랬어' 혹은 '진작 책방 할 걸 그랬어'로 읽힐 수도 있겠지만, 개인적으로는 '진작 고민할 걸 그랬어'라는 마음으로 이 책을 썼다. 탄탄대로일 거라 믿었던 아나운서의 길에 들어서자마자 왜 나에게만 고통과 인내의 시간이 찾아온 것인지, 한동안 많이도 억울해했다. 하지만 내게 내려놓을 수 있는 자유와 다시 도전할 수 있는 용기를 준 것도 다름 아닌 그때 겪어낸 시간이었다. 앞으로의 인생에도 괴로움이 없지는 않을 것이다. 오히려 더 자주 찾아올지 모른다. 그래도 지금은 내게 주어진 길이 전부인 것처럼 보일 때, 혹은 아무런 갈림길도 남지 않은 것처럼 보일 때, 심지어 모든 길이 끊긴 것만 같을 때조차 내가 걸어갈 길을 분명 찾아낼 수 있다는 믿음이 있다.

화려한 방송의 세계에서 반 발짝 벗어나 나는 책을 팔기로 했다. 책을 읽으며 기다리는 일 외에는 아무것도 할 수 없었던 내가, 이제는 한 권의 책에 내 취향을 담고 재미있는 행사를 기획하며 설레는 하루하루를 만들고 있다. 물론 자유로운 만큼 커진 불안도, 밤마다 아무도 정해주지 않는 미래를 고민하는 일도 내 몫이지만. 자고 일어나 책방 문을 열고 갓 내린 커피 향기가 퍼지는 작은 공간 안에 있으면 모든 게 당분간은 괜찮을 거란 예감이 든다. 도쿄 책방 여행길에서 이 행복을 발견해준 나에게 고맙다.

당인리 책발전소 책방지기
추천도서 100

영감과 상상력

문장과 이야기

인간과 삶

세상을 읽다

진작 할 걸 그랬어

초판 1쇄 발행 2018년 4월 30일 **초판 18쇄 발행** 2023년 1월 13일

지은이 김소영
펴낸이 이승현

기획팀 오유미
디자인 송윤형

펴낸곳 ㈜위즈덤하우스 **출판등록** 2000년 5월 23일 제13-1071호
주소 서울특별시 마포구 양화로 19 합정오피스빌딩 17층
전화 02) 2179-5600 **홈페이지** www.wisdomhouse.co.kr

ISBN 979-11-6220-363-7 03810